ここはボツコニアン 5 FINAL
ためらいの迷宮

宮部みゆき

集英社文庫

使用上のご注意
（作者からのお願い）

・本作品は、確実にこの世界ではない世界を舞台にしていますが、ほぼ確実に正統派のハイ・ファンタジーにはなりません。ご了承ください。
・テレビゲームがお好きでない方にはお勧めできないかもしれません。ご了承ください。
・テレビゲームがお好きな方には副作用（動悸、悪心、目眩、発作的憤激等）が発症する場合があるかもしれません。ご了承ください。
・本体を水に濡らさないでください。
・電源は必要ありません。但し、暗い場所では灯火を点けることをお勧めいたします。
・プレイ時間１時間ごとに、10〜15分程度の休憩をとる必要はありません。
・作者がクビになった場合、強制終了する恐れがあります。その際は、全てなかったことにしてお忘れください(泣)。
・本作の挿絵画家は少年ジャンプ+の若手コミック作家なので、あるとき突然ブレイクして超多忙になり、こんな挿絵なんか描いてらんねェよモードに入ってしまう可能性があります。その場合は少年ジャンプ+をお楽しみください。
・セーブする際はページの右肩を折ってください。本体を折り曲げるのは危険です。
・本作は完全なフィクションです。あまり深くお考えにならないことをお勧めいたします。

目次

第8章
サンタ・マイラ代理戦争・4　011
サンタ・マイラ代理戦争・5　035
サンタ・マイラ代理戦争・6　057

ミニゲーム
落ち物パラダイス　079
落ち物パラダイス・2　103

第9章
ためらいの迷宮　133

ためらいの迷宮・2　155

ためらいの迷宮・3　177

ためらいの迷宮・4　199

ためらいの迷宮・5　221

ためらいの迷宮・6　243

ためらいの迷宮・7　265

最終章
魔王との戦い　285

エピローグ　305

巻末ふろく
ボツコニアンのボツ絵ギャラリー　327

ピノ

〈**伝説の長靴の戦士**〉に
選ばれた 12 歳の少年。
ピピとは〈双極の双子〉。
ちなみにピノが弟。

リュックサック
ピノのリュックには
腹巻きが入っている。

ベスト
怪物を食べた
わらわらが吐いた
糸でできた青たん色のベスト。
着心地抜群。いくつかの
潜在能力が隠されている
らしい。

DATA
◉特徴：眠たがり屋だが、
運動神経がよく
すばしっこい。
くちは悪いが姉さん想いの
優しい一面も。愛読書は
「少年ジャンプ」（ピピも！）。
くれるというものは
もらうのが信条。
◉弱点：気が散りやすい。
お腹の冷え。
◉特殊技：羽扇の軍師ビーム。

［**双極の双子とは**］モルブディア王国のエネルギー源である魔法石が秘めている二種類の力――解放する〈正〉の力と破壊する〈負〉の力――を持っている双子のこと。一方が正の、もう一方が負の力を持つため、一緒にいると力が引き合ったり反発し合ったりして、大変なことになる。

羽扇
〈二軍三国志〉の諸葛孔明から
習得した長靴の戦士の最新装備。
超強力レーザー光線である
軍師ビームを放てるが、
出力調整によりクレーム・
ブリュレに焦げ目もつけられる。

長靴
モルブディア王国では、
12 歳の誕生日を迎えた
子供の枕元にゴム長靴が現れる
というしょぼい奇跡があるのだが、その長靴が〈当たり〉だと、
〈選ばれし者〉として冒険に旅立たねばならない。これを履いていると、
ボッコニアンの真実が見えてくるらしい。ピノは黒いゴム長。

登場人物紹介
CHARACTERS

「ボッコニアン」の世界

ボッコニアンとは〈ボッネタ〉（＊主にテレビゲームネタ）が集まり成り立っている世界。そんなできそこないの世界をより良い世界にするため〈長靴の戦士〉として選ばれたのが双子の主人公ピノとピピ。二人の使命は、冒険の中で、回廊図書館の6つの鍵を集め、6冊の『伝道の書』を見つけること。そうすると魔王の居城への道が開かれるという。二軍の三国志、できそこないのホラー等の世界を突破した二人が次に迷い込んだのは、住民がすべて偽者になっているSFちっくな街サンタ・マイラ！　二人の運命は!?

ピピ

ピノの双子の姉。
わらわら
（イモムシ的な生き物）の
使役魔法を特訓中。

DATA

◉特徴：強気だけど素直。
声がデカい。
ついでに顔もデカくて、
お月様のような丸顔に
まん丸ほっぺ。
人生の黄金律は
「下着は毎日取り替える」。
好きなものは毛皮。
◉弱点：わらわら。読書。
◉特殊技：わらわらの使役魔

ペンダント
双極のエネルギーを中和する。
ペンダントをはずして、
ピノとピピが手をつなぐと
究極の力が！

魔法の杖
わらわらの使役魔法を
使う力を持つ。
わらわらの糸を使った
尾行モードから糸電話モード、
着ぐるみを作ったり
冷凍光線を発動したり
使い勝手アップ中。

赤いゴム長

ポーレ君

根はコスプレ好きの
オタクだが、神代文字が
解読できるなど、
豊富な知識と機転で、
いつの間にか、
ピノピの冒険に
欠かせない
主要キャラの座を
手に入れた。

郭嘉

イケメン天才軍師にして、
大の美女好き。
三国志で有名な
赤壁の戦い以前に
夭折したため
浮遊幽霊として
二軍送りに。
天使の輪っかは
相当使い勝手が
いいらしい。

クレジット

イラストレーション
高山としのり

本文デザイン
坂野公一
welle design

ここはボツコニアン5 FINAL
ためらいの迷宮

Here is BOTSUCONIAN 5 FINAL

Miyuki Miyabe

本書は、二〇一五年九月、集英社より刊行されました。

初出
「小説すばる」二〇一四年五月号～二〇一五年六月号

JASRAC　出　一六一二二一五四―六〇一

第８章 サンタ・マイラ代理戦争・４

リメイク版『宇宙戦争』のDVD特典映像によると、スピルバーグ監督は、地球を侵略する宇宙人が操縦するこのトライポッドの造形と動き方、特に脚部の動きについて、次のようなリクエストをしたそうです。

〈恐怖のバレリーナ〉

映画をご覧になった方なら、すぐピンときますよね。トライポッドたち、長い三本脚をしなやかに動かして、爪先立《つまさきだ》ちしているみたいな歩き方をしていました。優雅で美しいといってもいい、生物的な動き。

では、サンタ・マイラに出現したボツバージョン・トライポッドたちは如何《いか》に。

どすん、どすん！

まったく美的でないベタ歩き。一歩一歩に全体重を乗せております。なにしろラフスケッチの段階でボツをくらってるので、3Dモデリングなんぞ存在してない。脚部に関節があるのかないのか、硬いパーツをたくさんつなぎ合わせてあるのか、一本のチューブみたいなものなのか、それさえ判然としない。脚部全体を前に投げ出し、踵《かかと》にあたる部分から落下させ、その勢いで前進するという暴力的な歩き方。なので、頭部にある偏光レンズ付き丸窓みたいな部分からやたらと乱射される熱線と同じくらいに、この歩行方法そのものが攻撃的だ。

「早いところやっつけないと！」

大混乱の街中を突っ切って、やっとボッパージョン・トライポッドたちの足元までたどりついたピノピ。

異次元を通る物質瞬間転送ルートのサンタ・マイラ側出口は、街道に近い、街の東側にある小さな工場の裏庭に開いていた。形をはっきり見定めることはできないけれど、全体の大きさは乗用車ぐらいで、そこだけ何となく空間が歪《ゆが》んでいる。ボッバージョン・トライポッド（以下ボッポッドと略します）が現れるときは、その歪みがぐい〜んと広がって、ボッポッドを吐き出すと、またすぼまる。

「どうしてあんなところに出口を設けたの？」

「あのコウバは、エンジンぶひんヲつくってイルのデス。ワレらのドウシがおりマス」

ピノは羽扇《うせん》を抜き放ち、ピピは魔法の杖《つえ》を構えてわらわらを召喚する。

「どれ、俺も手伝うとするか」

腕まくりして上腕二頭筋をもりっと見せつけながら、コンボイ野郎のミーゴも不敵に笑う。

「じゃあ、僕らは街の人たちの避難誘導を受け持ちます。ハインラインさん、お仲間たちと一緒に手伝ってください！」

「りょうかいデス」

ポーレ君とロボッチたち（実はスナップエンドウタイプ莢《さや》ニンゲンたち）に後を任せて、戦闘開始だ。ピノはまず先頭の一体の頭部を羽扇ビームで撃ち抜き、よろめいて倒れかかるその脚部を駆け上がって大ジャンプ。すぐ後ろの一体に、羽扇ビームをサーベル形態にして斬《き》りかかり、西瓜《すいか》みたいに真っ二つ。

「あいよっと！」

ミーゴは倒れてきたボッポッドの頭部を踵落としで粉砕。きゅう、と音がして偏光レンズ付き丸窓が暗くなった。

「わらわら、捕獲ネット展開！」

ピピの命令で宙にわらわらネットがぱっと開き、残り二体のボッポッドをまとめてからめとる。搭乗者が泡を食ったのか、狙《ねら》いを定めないまま熱線が続けざまに飛び出して、たちまち二体は同士討ちで黒焦げだ。

「ちょろいもんだって」

と、ピノが鼻の穴をふくらませる間《ま》もなく、後続のボッポッドたちが出現してくる。

三体、四体、五体。これもたちまち片付けて、

「まだ出てくる！」

六体、七体、八体九体。まだまだ続きますから、あとはおのおの数えるように——って、「蝦蟇《がま》の油」の口上ですけど、お若い読者の皆さんはご存じありませんか。

どんどん現れる増援部隊。次から次へと倒してゆくピノピとミーゴ。

「こいつら、〈ざっと描いてみました〉感が増してる感じがしない？」

形態も本来のトライポッドから離れてゆく。

二本脚になったり、ボディが四角くなったり、あからさまにミサイルランチャーを装備してたり。これ、もはやボツになったラフスケッチではありません。

デザイナーさんの落書きだ。

ばん！　と発砲音。あらまあ、でっかい拳銃《けんじゅう》を持ってるヤツがいる。その白いボディにはくっきりと〈警視庁〉。

「やっぱ、ハリウッドにもちゃんといるんだなあ、『パトレイバー』のファンが」

実写版の新しい映画が公開されたんですよね。楽しみだなあ。作者は映画版の第三作『WX《ウエイステツドサーテイーン》Ⅲ』をDVDで二十回ぐらい観《み》てます。

「ンなこと言ってる場合じゃないわ！　MPが切れちゃう」

ピピが叫び、さすがにミーゴも息があがっている。ピノもSP《スキルポイント》が尽きたら羽扇ビー

ムは撃てなくなっちゃうって、作者、説明しましたっけ？　まだでしたら、今します。そういうことです。

「おい、ちびっ子ども、見ろ！　ありゃ何だ？」

きぃんきぃんきぃん。歯医者さんのドリルみたいな金属音をたてて異次元からの出口より現れたのは、三角形の一端が鎌首《かまくび》をもたげた形の、何とも不穏な飛行物体の群れであります。

「オリジナル『宇宙戦争』の円盤だ！」

「あれがボツになってるわけないのに！」

だからデザイナーさんの落書きなんですってば。

「休憩時間にスタバのコーヒー飲みながら、懐かしいね、初めて観たとき怖かったよね、とか言って描いたんだな、きっと」

「何でそんなもんまで出てくるんだよう」

思わず嘆き節のピノピの頭上の青空を、金色に輝くエネルギーの塊《かたまり》が左から右へと突っ切って、三角形の円盤（という表現は、よく考えるとおかしいですね）の鎌首にぶち当たって大爆発。

「お！　あれは」

何と、マカメラのレンズを使わなくても視認できるぞ。莢ニンゲンたちの〈『宇宙戦争』級どら焼きタイプ空飛ぶ円盤〉だ。五機が円陣を組んで悠々と飛行してくる。

「我々も加勢しまぁす！」

エージェントGの声だ。円陣の正面の円盤から聞こえてくる。

「共に侵略者と戦いましょう！」

ちなみに、拡声器はこの円盤のオプション装備です。

ミーゴが怒鳴る。「おめえらも侵略者だろうが！」

「今はちょっと、それ置いといて」

空を飛んでるものは、空を飛んでるものに任せるしかないもんね。

「頑張って戦って！」

ピピは頭上にエールを送り、円盤たちのプラズマ砲一斉射撃が始まる。持ってることは持ってたのね、プラズマ砲。環境汚染問題はどうなるんだろう――というのも、今は非常時なのでちょっと置いといて。

ピノは悔しがる。「あいつ、いつ円盤に逃げ帰ったんだ？」

「いいじゃない、応援を連れてきてくれたんだから」

ピノはズボンのポケットからオカリナ型光線銃を取り出す。そして頭上のどら焼き型円盤に凄《すご》んだ。

「エージェントG、ちゃんと戦えよ！　わかってンだろうな、オレはこれ持ってんだからな！」
ピ、ポ、パ、ポ、ピー。途端に、勇壮にプラズマ砲を撃って三角形の円盤群を攻撃していたどら焼き型円盤五機がふらついた。
「あれぇ～」

「ちょい待て、ちびっ子。今はそれ吹くな」

ミーゴがオカリナを取り上げる。

「野菜野郎ども、しっかりしろ！」

「そうだ、頑張れ莢インゲン！」

「莢ニンゲンだ！」

エージェントG、怒りの復活。どら焼き型円盤の総攻撃も再開だ。次々と三角形の円盤を撃墜する。でも、墜落してゆく機体の後ろには、新手が列をなして出現のタイミングを待っております。

「──これじゃ、きりがないわ」

すっかりくたびれちゃったわらわらたちが、肩で息をするピピのまわりに、あられのように落下してくる。

容《い》れ物（円盤）をいくら壊したってしょうがない。ここは根源（侵略宇宙人）を断つべきだ。ピピは声を張り上げた。

「ねえちょっと！　誰かカゼをひいてる人、いない？」

『宇宙戦争』の侵略宇宙人たちは、地球上の微生物に弱いのでしたよね。

「インフルでもノロでも何でもいいの！　誰かいない？　あの宇宙人たちをやっつけるには、いちばん効果的なのよ」

その声に応じ、駆け寄ってくるのはロボッチたちばかり。またハインラインが先頭だ。

マニピュレーターの手でピピに敬礼する。

「マチのヒトビトは、アンゼンなところにヒナンしまシタ」

「ね、莢ニンゲンはカゼをひく？」

「ハ？」

ミーゴが問う。「おめえら、武器は作ってねえのか？」

「ブキのタグイは、まだガラボスにカクシテあるのデス」

ガラボスの拠点にいるリーダーと連絡を取り、転送してもらわないと使えない。

くそ、とミーゴが舌打ちしたと同時に、頭上のどら焼き型円盤からまたエージェントGの声。

「プラズマ砲を撃ち尽くしました！」

五機同時に沈黙。しかし戦果はあがっているぞ。墜落した三角形の円盤たちの残骸《ざんがい》がぶすぶすと燻《くすぶ》る。うっすらと空を覆うその煙の向こうに、ピピは目を凝らす。

「──全部やっつけたのかしら」

新手の円盤やボッポッドの姿は見えない。

羽扇を地面につき、けっこうへばってハアハアしながら、それでもピノは叱咤《しった》する。

「しっかりしろ莢インゲン！　プラズマ砲は撃ち尽くしても、まだチェーン・ソードが残ってる！」

「我々は莢ニンゲンだ！」

そこにこだわるより、チェーン・ソードは装備してるの？

「そんなもん、あるか！」

「役立たずの莢インゲンめ！」

「莢ニンゲンだと言うておろうに！」

ずしん。

空を伝わってくる不穏な震動に、一同は固まった。

「今度は何だ？」

異次元からの出口、偏光レンズを通したみたいに歪んでいるあの空間が、どよよんと暗くなっている。

「閉じたのかな」

おそるおそる背伸びして見遣《みや》るピピの目を、ミーゴの頑丈な手が覆った。

「ちびっ子、見るな」と言いつつ、ミーゴは深呼吸している。「あれがいいニュースなのか悪いニュースなのか、俺はちょっとクールダウンして考える。だから、まだ見るな」

しかし、ピノはしっかり見ていた。

「つっかえてる」

何が？

ミーゴが空いた手で自分の目も覆った。「ああ、つっかえてるな」

あまりにも超巨大に過ぎる、『インデペンデンス・デイ』級円盤が。

ピピ、ミーゴの手をもぎ離し、この光景をひと目見て、思わず叫んでしまう。

「いいかげんにしてよ。今度はそっちのボツバージョンなの？」

完成版よりさらに巨大で、画面への収まりが悪いというのでボツになりました。

嘘《うそ》ばっか。

「でっかすぎて通れないんだ！」

だがしかし、つっかえている巨大円盤に、出現を諦《あきら》める気はないらしい。出口に体当たりを繰り返している。一度、二度、三度。

ずしん、ずしん、ずしん。

「ね、ハインライン」

ピピの声が細く震える。

「あの出口が壊されちゃったらどうなるの？」

「――ワカリません」

のっぺりとしたロボッチの顔の下で、本来のスナップエンドウタイプ莢ニンゲンの顔は、きっと怯《おび》えているはずだ。

「ソウゾウも、ツキません」

「わかった。よし、わかった」

羽扇をしまって身を起こし、ピノはピピに向き直る。

「ピピ姉《ねえ》、ペンダントを捨てよう。アクアテクで〈氷の微笑〉を倒したときみたいに、双極の双子のエネルギーを解放するんだ！」

「バカ」

張り手一発で却下。

「あたしたち、それなりに成長してるのよ。今ここであんな真似《まね》をしたら、街全体がふっとんじゃうわ！」

作者のざっくりした計算では、カイ・ロウ図書館はかろうじて残るかな。

「じゃあ、どうすりゃいいんだよ」

ピノの怒りと嘆きに、ハインラインが重々しく応じた。「ブッシツしゅんかんてんそうキの、ルートをとじるシカありませセン」

「どうやって閉じるの？」

「こっち側から閉じられるのか？　ガラボス側から何か操作する必要があるんじゃねえのかよ」

　意外とまともなミーゴの質問に、ハインラインはきこきこと首を振る。

「ひじょうようのハンドルが、ルートないのちゅうけいポイントにセッチされております。それをまわせバよろしいのデス」

　物質瞬間転送機のシステムについて、作者、説明してましたっけ？　まだでしたら、今します。そういうことです。

「ははあ……」

　ピノはぺたりと座り込み、感じ入る。

「非常用ハンドルね。懐かしいなあ」

　王都の地下の迷宮でも、二百人の腹減りニンジャたちに弁当を運ぶために、地下通路を開けるハンドルを探してうろうろ歩き回ったものでした。

「またかよ、とは言わねえよ。〈お使い〉ミッションはＲＰＧ《ロールプレイングゲーム》のお約束だからさ」

　はいはいわかりました、行けばいいんでしょ、行けば。よっこらしょと立ち上がってズボンの埃《ほこり》を払うピノの前に、ハインラインが立ちふさがる。

「イケマセン。あなたはイケマセン」

制止の意味の「いけません」であり、不可能の意味の「行けません」でもある。

「あのテンソウキで、セイブッツをおくったことは、まだイチドもありませン。ルートのなかにニンゲンがはいるコトができるかドウカ、ワレワレにもわからないのデス」

「じゃあ、オレがためしてみるよ」

「なにガおこるかわからないのダよ？」

「でも、モンスターどもは何事もなく通り抜けてきてるだろ。オレは伝説の長靴の戦士だからさ、頑丈なことにかけてはモンスター級。たいがいのことは平気だよ」

そこに、切迫したピピの声が割って入った。「——ハエと混じっちゃうかもしれないわ」

一同はピピに注目。青ざめている。

「ルートのなかにハエが一匹入り込んでいて、ピノと混ぜこぜになって、ピノがハエ人間になっちゃうかもしれない」

そんなの嫌だ。「却下、却下、却下よ！」

ピピは虫が嫌いなのです。

「そのようなきけんがアルのか……」

考え込む様子のハインラインのそばで、一体のロボッチが挙手をして発言。

「ハエニンゲンはっせいのきけんせいは、六〇パーセントほどでアリます」

「そんなニたかいカクリツなのカ？」

ミーゴが発言したロボッチをつつく。

「おめえ、新顔だな」

「わたしのナマエはD・クローネンバーグ」

猟奇的で悲劇的なビジョンを構築することにかけてはピカイチです。

ピピはさらに青くなる。「それじゃもう、絶対にダメ！」

こんなやりとりをしているあいだにも、ボッバージョン超巨大円盤はルートの出口を突破しようと体当たりを続けている。ずしん、ずしん、ずしん。

ミーゴが〈お手上げ〉の仕草をした。

「生物が入れないってことは、人間も爽

ニンゲンも駄目なんだろ。つまり正体が莢ニンゲンの、この街のロボッチたちも全部ダメなんだな」

「みんな、すりかわってしまいマシタから」

うなだれるハインラインと同志のロボッチたち一同。

そのとき。

「ここに、生粋《きっすい》のロボッチが一体いますよ」

振り返るとポーレ君が立っている。戦闘状態の街中を走り抜けてきたものだから、埃まみれになっている。その傍《かたわ》らに、同じように埃で薄汚れたボディの――

「アシモフ!」

きこきこと進み出て、アシモフはハインラインと握手を交わした。マニピュレーター同士の金属的な交歓。

「ワタシがルートにハイり、ひじょうようハンドルをまわしてきましょウ」

「アシモフ、あなたハ――」

「このマチをすくい、ロボッチたちヲかいほうスルためにヒツヨウなミッションです。ワタシがマイリます」

再び固い握手。金属的かつ感動的な光景。

ピノはポーレ君にちょっとガンを飛ばす。

「いいとこを持ってくなあ」

「いえいえ、僕なんかただのＮ　Ｐ　Ｃ《ノン・プレイヤー・キャラクター》ですよ」

そこに、無機質な声音。

「マダ、もんだいガありマス」

またＤ・クローネンバーグだ。

「ひじょうようハンドルをまわしたシュンカンに、ルートはショウシツしてしまいマス。つまり、アシモフはキカンできまセン」

ルートが消えれば、ガラボスに行くこともサンタ・マイラに帰ることもできなくなってしまう。

「イジゲンくうかんヲ、えいえんのマイゴとしてさまようことニなるでしょう」

重苦しい沈黙。

それを乱す、デカ過ぎる円盤がルートの出口にぶつかる騒音。横で駄目なら縦はどうだとばかりに、姿勢を変えて試みている。

「それも駄目ぇぇぇ！」

ピピが叫んでアシモフに抱きついた。

「アシモフが犠牲になるなんて、絶対、ぜったい、ぜぇぇったいに嫌だぁ〜！」

早くも涙腺《るいせん》全開で泣いている。ピノとミーゴは気まずく顔を見合わせ、しおしおと頭を掻《か》くばかりだ。

「僕、アシモフと一緒にカイ・ロウ図書館にいた方がよかったかなあ……」

今さらながらのポーレ君の反省の弁。

だが、アシモフは冷静かつ温和だ。

「ピピさん、アリガトウございます」

泣きじゃくるピピの頭をマニピュレーターの先で軽く撫《な》でて、

「ワタシは、このサンタ・マイラのマチがスキです。ですからマイリます」

超巨大円盤が一瞬、ルートの出口をぐいい〜んと広げて、全体の半分ほどがこっちに出現した。

「嫌だ嫌だ、アシモフ、行っちゃダメ！」

引き離そうとするアシモフに、ピピは全力で抵抗している。

「何かほかの方法を考えようよ、ね？　きっとほかの手段があるよ。みんなも考えてよ」

一同、ピピの涙の訴えから目をそらす。

「気持ちはわかるよ、ピピ姉。だけど、もうそんな時間はないんだ」

珍しく大真面目《おおまじめ》なピノの台詞《せりふ》に、ピピの心の安全バンドが切れた。

「時間なら、あたしが稼いであげる！」

魔法の杖を振り上げ、超巨大円盤がずしんずしんしているルートの出口に向かって、朗々と大音声《だいおんじょう》。

「さあ行くわよ、〈氷の微笑〉！」

杖の先端からあふれ出す冷気の奔流。たちまち、超巨大円盤の縁《へり》が出口に凍りついて、くっついてしまった。

かちーん。

宇宙人たちも慌てているのか、円盤の外周にちかちかと青いライトが点滅する。対するピピの方も、顔が限界まで青ざめて、よろよろとくずおれる。瀕死《ひんし》。

「これで、いい、でしょ」

と言ってるうちにも、超巨大円盤と出口の凍りついた部分から、薄い氷片が次々と剝《は》がれ落ちてゆく。ピピの状態が万全ではないので、魔法も弱いんです。あと五分くらいは保《も》つかしら。

ピノは驚愕《きょうがく》。「ピピ姉、まだMPが残ってたのか」

ミーゴも驚愕。**「おまえノーパンだったのか」**

これを書くのも久々だなあ。

「ンとに、くっだらない」

ピピ、怒りのエネルギーで瀕死状態から回復。ツインテールをぶんぶん振って、両手を握りしめて絶叫する。

「もう、こういうときどうしたらいいの？　あたしたちだけじゃ無理なの？　知恵も経験もないから、誰かが犠牲になっちゃうの？」

参謀や軍師が必要ですね。

「そうよ、作者の言うとおりよ。こんなときこそカクちゃんよ。あいつ、いったいどこにいるのよ！」

「呼びましたか？」

郭嘉《かくか》、文庫本ほぼ一冊分のご無沙汰《ぶさた》でした。

「カクちゃん〜！」

郭嘉は二軍三国志の場を出ると実体がなくなっちゃうのですが、ピピはきれいに忘れちゃってて、郭嘉を通過して居並ぶロボッチたちのボディに激突——

かと思ったのに、そこには誰もいない。

「ぎゃあああああああ〜！」

ピノピとポーレ君とミーゴとアシモフを除く全員、逃げています。

「あれ？　私ってそんなに怖いですか」

愛想よく笑いを振りまく郭嘉を遠巻きに、ロボッチのボディで器用に及び腰になりながら、マニピュレーターの指先を郭嘉に突きつけて、ハインラインが代表質問。

「そ、そ、そのジッタイのないソンザイは、ナニモノですか？」

「これはさぁ」

問われたピノも返答が難しい。

「説明すると長くなるんだけど、危険なものじゃないよ」

ミーゴがあっさり。「幽霊だろ」

「ぎゃあああああああ〜！」

ハインラインたち、さらに逃走。

「困りましたねえ」

苦笑いしながら、郭嘉はピノを振り返る。

「まあ、おいおい慣れてもらいましょう。ともかく今は、物質瞬間転送機のルートを遮断することが先決です」

「カクちゃん、事情わかってンの？」

「軍師は話が早いのです」

郭嘉を通過して派手に転んじゃったピピも、これを耳にして元気に起き上がる。

「カクちゃんがハンドルを操作しに行ってくれるの？」

「困りましたねえ。お忘れですか」

郭嘉はふわふわと苦笑い。

「私には実体がありませんから、物理的な仕事はできないのですよ。しかし、私が道案内についていけば、アシモフさんが異次元で迷うことはありません」

霊体には、この世もあの世も、異次元空間も宇宙空間も関係ない。どこでも自由に行き来することができますからね。

「私の軍団も同行させますから、途中でモンスターに遭遇しても安心です」

それはいい。いいけど、今、何か初耳のことを言わなかったか。

「カクちゃん、〈私の軍団〉って?」

郭嘉はにっこり。「それも、この事態が収まったらご説明いたします。さあアシモフさん、参りましょう」

と、その前に、

「ピノピさん、読者の皆さんに、大切なメッセージをお送りしなくては」

そうでした。作者から申し上げましょう。

毎回この『ここはボツコニアン』に、明るく楽しく可愛らしく、メカには詳しく、作者のいい加減な世界観を補強するナイスなイラストを描いてくれているタカヤマ画伯。

ついについに——

「少年ジャンプ＋《プラス》」にて、オリジナル作品の連載が始まっています！

『i・ショウジョ+』高山としのり
胸キュンのラブコメよ♪
皆様、こちらもどうぞごひいきに、よろしくご愛読くださいませ。

第8章
サンタ・マイラ代理戦争・5

話は早い方がいい。

というわけで、アシモフはカクちゃんの護衛付きで物質瞬間転送機のルートに飛び込み、非常用ハンドルを操作した。すると瞬時にルートは消滅、出口で凍りついていた『インデペンデンス・デイ』級円盤も、あとかたもなく消え失《う》せた。

サンタ・マイラの街は危機を脱した！

「ばんざ〜い、ばんざ〜い」

お祭り騒ぎのなか、エージェントGたちの操るどら焼き型円盤五機が、この騒動で通行止めになった幹線道路に、次々と着陸する。そのなかから、囚《とら》われていた住民たちが降りてくる。ロボッチたちも降りてくる。エージェントタイプ莢《さや》ニンゲンの軍団は、またピノにオカリナを吹かれたら今度こそ円盤ごと墜落しちゃうし、プラズマ砲も撃ち尽くしちゃったし、ただ降りてくるのではなく投降してくるので、一様におとなしい。

「まだ油断は禁物だぞ、ちびっ子」

「わかってるって」

ピノはオカリナを構え、ミーゴと一緒に睨《にら》みをきかせる。その傍《かたわ》らで、ピピは不安そうにまわりを見渡している。

「アシモフは？　カクちゃんはどこ？　ちゃんと帰ってきた？」

その声に応じるように、さっきまでどら焼き型円盤が浮遊していた青空の一角に、何やらどんよりとした灰色の雲の塊《かたまり》がむくむくと出現してきた。

そして、あの能天気に快活な声。

「は～い、帰って参りましたよ～」

雲の塊は円盤の形を成し、その端っこにちょこなんとアシモフが乗っている。カクちゃんは円盤雲を先導しつつ、浮遊しながら下降してくる。

「よかった！　アシモフ、カクちゃん！」

ピピは、千切《ちぎ》れるほど手を振って円盤雲に駆け寄っていく。

サンタ・マイラに帰還したオリジナルの人間たちは、別れ別れになっていた家族や友人たちと手を取り合い、コピー元のロボッチたちは、本来の姿に戻ったスナップエンドウタイプ莢ニンゲンたちと肩を叩《たた》き合い、労《いたわ》り合い、喜びを分かち合っている。エージェントタイプ莢ニンゲンたちはしおらしく整列し、彼らのもとにはサンタ・マイラの保安官が駆けつけてくる。

その光景を眺めつつ、しつこくオカリナを構えながらも、ピノは不審顔だ。

「アシモフを乗っけてるあの雲、不健康で嫌な色だなあ」

これにはミーゴも賛同する。そして額の真ん中を軽く叩きながら、

「ちびっ子、俺の目がいかれちまったのかな。それとも知らない間に頭を打って、脳のどこかがショートしちまったのかな。あの雲のなかに、やたら大勢の人間の顔がひしめき合ってるのが見えるんだよ」

あ、やっぱり。

「おっさんにも見える？　じゃ、オレの錯覚じゃないんだね」

ピノは目を細める。円盤雲は着陸態勢になる。地上から、その全貌《ぜんぼう》がありありと見える。嫌というほどよく見える。

サンタ・マイラが取り戻したばかりの平穏は、あまりにも短時間で破られた。


「ぎゃあああああ！」


叫び声をあげる個体の数が多いので、今回は太字だけでなく四倍角も使用します。

「何事だってんだ？」

ミーゴが驚き呆《あき》れるのも無理はない。その場にいた街の人たち、エージェントタイプ莢ニンゲンたち、スナップエンドウタイプ莢ニンゲンたち、全員が脱兎《だっと》のごとく逃げ出

したのだから。残っているのはロボッチたちと、ピノピとポーレ君とミーゴだけ。

　複製ハインラインが、またぞろ器用にロボッチのボディで腰を抜かしながら、マニピュレーターの先端を突き出して絶叫する。

「ソ、そのジッタイのないシュウダンはナニモノですか〜！」

「おや、何か失礼がありましたか」

　嫌な色合いの円盤雲を背後に控えさせ、ふわりと地上に降り立つ郭嘉。

「ご紹介が遅れました。ピノピさん、これが〈私の軍団〉です。お二人には詳しくご説明するまでもないと思いますが……」

「ええ、そうね」

　円盤雲から降りてきたアシモフのマニピュレーターと手をつなぎ、ピピがうなずく。

「でもカクちゃん、事情を知ってるあたしでも、ちょっと気味が悪い」

　郭嘉の軍団は、「ほらホラHorrorの村」の秘密研究所で中途半端に作られていた、できそこないの霊体たちなのである。彼らが集団になって円盤雲を形成しているのだ。

「だってこのヒトたち、いまだに恨めしそうな顔ばっかりしてるんだもの」

「では、ちょっと隊列を変更して、みんなで明るく笑ってみましょうか。エンさん、よろしく」

　カクちゃんがぐるぐる渦巻く霊体たちの先頭にいる〈恨めし顔〉に声をかけると、円盤雲はいったん解散し、縦横にきっちり整列し直した。そして一斉に、にこやかな笑顔。

はい、ピース。

「ぎゃあああああ！」

街の人たちと莢ニンゲンたちが、もっと遠くまで逃げていく。破壊的な大遁走《だいとんそう》に、怪物の攻撃とプラズマ砲で半壊していた建物が、いくつか派手に全壊してしまった。新たな怪我人《けがにん》も出たようだ。

「コレはイケナイ」

すかさず、本物ハインラインがロボッチたちを指揮して事態収拾に出動。

「どうしても、怖がられてしまいますか。いけませんねえ」

もうもうとたちのぼる土煙のなか、郭嘉は心外そうだし霊体たちは恨めしそうだ。

「おい、ちびっ子。眼鏡《めがね》の友達がフリーズしてるぞ」

ミーゴにつつかれて振り返ると、ポーレ君が目を瞠《みは》ったまま、その場で動けなくなっている。

「そっか、ポーレはあの市だか町だか村だかに行ってないんだった！」

こいつらの正体を知らないし、免疫がない。

「ダイジョウブですカ」

アシモフもきこきことポーレ君に近寄る。

「あのクモが、ただのクモではなさそうなコトは、ワタシにもわかりマス。でも、キケンなものなのデショウか」

「全然、まったく危険なものではございませんよ」と、郭嘉が答える。「今ではきわめて友好的な我々のパートナーです。共にボッコニアンに生きる仲間ですよ」

彼らも己の存在意義と生《い》き甲斐《がい》を求めていた。で、郭嘉の提案を容《い》れ、霊体傭兵《ようへい》軍団としてこの世界の平和を守るために働こうと立ち上がったのだそうだ。

「立ち上がるって——顔しかねえのに」

「まあ、そこは言葉の綾《あや》ですから」

ピピにぱちんぱちんとほっぺたを叩かれて、ポーレ君は我に返った。

「ああ、ビックリした」

「ポーレ君って、立ったまま気絶するのね」

「いえ、金縛りですから意識はありました」

ポーレ君はぶるんと胴震いする。

「ピノピさん、こういうものの存在から察するに、僕がブント教授と『伝道の書』の解読に夢中になっているあいだに、お二人はホラーゲームのボツ世界へ行ってたんですね」

この眼鏡少年も話が早い。

「そういうことなの。制作会社が倒産しちゃってできたボツ世界だったんだ」

ピピは簡略に説明する。

「でもカクちゃん、エンさんって誰？」

さっき郭嘉が呼びかけていた恨めし顔のことだ。すると、ちゃんと自分のことだとわかるのか、隊列の中央から本人（顔のみ）がすうっと抜け出してきた。

間近に来られると、ピピはまだちょっとビビってしまう。

「わ、わかったわ、あなたね。よろしく」

郭嘉がにこやかに紹介する。「霊体傭兵軍団のリーダー、園定亭《エンティティ》さんです」

ちなみに、このテキトーな名前は郭嘉がつけました。作者じゃありません。本物ハインラインたちと大遁走しちゃった街の人たちと莢ニンゲンたちの動揺と混乱を収めて、ハインたちロボッチが戻ってきた。

アシモフが進み出る。「ハインライン、ハカセのスガタをみましたカ」

「ハカセはイナイ。もうイエにかえっタのではナイかな」

「じゃ、オレたちも行こうよ」と、ピノは提案した。「園さんたちをこのまんまにしといちゃ、また騒ぎが起こりそうだし」

そうですねそうしましょう――と、ぞろぞろふわりふわり。カイ・ロウ図書館へ戻っ

てみると、

「ひゃっほ～い」

シュレッダー腰ミノ姿のカイ・ロウ博士が、元気にバラックの屋根の上を走り回っておりました。

アシモフがひと言。

「ホンモノのハカセです」

お帰りなさい。


サンタ・マイラの街は、騒動の後片付けに大わらわである。

もともとの青物の姿になったエージェントタイプ莢ニンゲンは街の公会堂に、スナップエンドウタイプ莢ニンゲンは公立体育館にそれぞれ収容され、最初のうちはただただ敵対し合うばかりだったが、

「そんなに睨み合ってばかりいては、非

建設的だと思いませんか」

　という郭嘉の取りなしで、だんだんと話し合いの席に着くようになってきた。話が煮詰まってきて非難の応酬になると、郭嘉が園定亭と霊体傭兵軍団を効果的に使って仲裁する。だから、〈フォボスの未来を考える会議〉の会場となった野外音楽堂は、しばしば怒号と悲鳴のるつぼとなり、連日、朝から晩まで騒がしいことこの上ない。

　本物ハインラインは、ロボッチの代表としてこの会議に出席している。そう、フォボスの未来は、ロボッチたちの未来でもあるからだ。スナップエンドウタイプ莢ニンゲンたちのリーダー、グレッグ・イーガンの参加も検討されたが、現状でリーダーが拠点を空けてしまうのは危険だという判断がなされ、彼はガラボスに残った。

「それに、ガラボスのロボッチたちのなかには、フォボスへ移民せずに、このボッコニアンでロボッチの市民権を確立し、人間たちと一緒に社会生活をしていきたいと主張する一派もいるんだそうです。移民ばんざいの一枚岩ではないんですね」

　ポーレ君はマカメラを手に、毎日この会議を傍聴しているから、事情通になった。

「莢ニンゲン同士の感情的な対立も、そう簡単には収まりそうにありません」

　これまでずっと、労働という行為をスナップエンドウタイプ莢ニンゲンに押しつけてきたエージェントタイプ莢ニンゲンたちは、以前にポーレ君が推測したとおり、〈社会〉という概念をきちんと理解していない。〈民主主義〉なんてもっとわからない。「ち

〜ん」だ。一方のスナップエンドウタイプ莢ニンゲンたちには、永いこと迫害され、搾《さく》取的《しゆてき》労働を強《し》いられてきたという恨みがあるから、建設的な議論を目指してはいても、つい感情的になってしまう。どうにも話が進みにくいわけです。

「落としどころを見つけるのは、なかなか難しそうです」

ピノピは「ち〜ん」。

ポーレ君は笑った。「そうそう、お二人にも関係がなくもない、いいニュースがありますよ」

ガラボスにある〈ウェイランド水谷〉の工場では、ルイセンコ博士が発明したあの電話機の、量産型の試作が始まっているのだそうだ。

「だから、イーガンと郭嘉さんは、ルイセンコ式ファンシー電話機で連絡を取り合っているんですよ」

社長が無料《ただ》で貸してくれたんだって。

「ルイセンコ博士、ちゃっかりガラボスへ売り込みに行ってたんですね」

意外と抜け目ない商売人である。

ピノピはこの話題にも「ち〜ん」。

だらけている。腑《ふ》抜けている。

「結局、今回は回廊図書館の鍵《かぎ》が手に入らなかったね」

長いエピソードだったのに、収穫はゼロだ。がっくりしてしまって、次の冒険への糸口を探す気力も出てこない。毎日〈ジーノ〉へ食事兼バイトに通い、あとはこうして馬宿〈うまかろう〉の部屋でぼんやりしているだけ。

「ミーゴのおっさん、今どこかなあ」

コンボイ野郎は仕事に戻った。

――次の行き先が決まってるなら乗っけてってやるぞ。

――ありがとう。でも、まだどこへ行けばいいかわかんないんだ。

そんな会話、思い出すだけでも面目ない。伝説の長靴の戦士が何やってんだ。

「まあ、たまにはこういう展開があってもいいじゃありませんか」

ポーレ君の大人なコメントだ。

「じゃ、僕はまた会議の傍聴に行きます」

「へいへい、行ってらっしゃい」

ピノピは手を振るのもかったるい。

「ピノ、いったんアクアテクへ戻ろうか」

サンタ・マイラには、ポーレママが興味を持ちそうなスイーツのお店がいくつかある。お土産《みやげ》を買っていけば、喜んでくれるだろう。

「オレたち、どっかで選択肢を間違ったんじゃないかなあ。さもなきゃ、大事なことを忘れてるとか」

するると、脱力していたピピが起き上がった。「そうよ、大事なことを忘れてる」

あるいは大事なキャラを。

「誰のことだ？」

「決まってるじゃない、トリセツよ！」

作者も忘れていました。いつぞやはタカヤマ画伯にも、イラストで「コレなんだっけ？」と書かれてましたね。

「行き詰まっちゃって、次に何をしたらいいかわからない。こういうときこそ取説を読み直すべきなのよ。見落としてることに気がつくかもしれないんだから」

もう長いこと作者に描写されていなかったトリセツ連絡用のイヤー・カフですが、ちゃんとピノピの耳にくっついています。

二人はてんでに声を張り上げて呼びかけた。

「トリセツぅ！　応答せよ」

「トリセツ、出てきてよ。この街にもケンドン堂の黒糖ドーナツと同じくらい美味《おい》しいスイーツがあるよ」

ジジジジジ。イヤー・カフから耳障りな雑音が。そして合成音声が聞こえてきた。

〈現在、この通信ラインは保守点検中です。作業が終了するまでお待ちください。なお

終了時期は未定です〉

イヤー・カフをむしりとって窓から投げ捨てようとするピノを、ピピは危うくわらわらネットで取り押さえた。

「短気を起こしちゃ駄目だってば」

「とめてくれるな。こんな奴《やつ》、もう金輪際《こんりんざい》あてにしねえ！」

どたばたしているところへ、もっと騒々しく乱れた足音が近づいてきて、部屋のドアがバンと開いた。ポーレ君である。息を切らし、髪が乱れている。

「どした？　忘れ物か」

ポーレ君はさっと背後を確認すると、ドアを閉めた。そして声をひそめる。

「み、見つけちゃいました」

「何を」

「莢ニンゲン」

ピノピピは顔を見合わせた。ピピはわらわらを引っ込め、そっとポーレ君に寄り添って、彼の額に手を当てる。

「熱があるんじゃない？」

ピノは顔にくっついたわらわらのネバネバが気持ち悪い。ぺっぺ！

「ポーレ、少し根《こん》を詰めすぎなんだよ」

「そうじゃないんです。落ち着いてよく聞いてください」

まず君が落ち着いてくれ。

「今の状況で、まだ人間に成りすましている莢ニンゲンが一体いるんです」

野外音楽堂の会議を、記者席で傍聴していたのだという。

「マカメラで見つけたのね？」

「はい。そいつはちゃんと記者証を持っていて、〈報道〉の腕章もつけてます」

話が後先になりますが、今回の莢ニンゲンたちの侵略騒動は、今やモルブディア王国の一大ニュースであり、国中から記者たちが取材に押し寄せてきているのです。

「どこの記者なんだろ」

ポーレ君は、気を持たせるように一拍間《ま》を置いた。

「あの〈アクアテク・ジャーナル〉です」

円盤の写真をスクープした、限りなく『ムー』的な雑誌である。

「あのスクープ、惹句《じゃっく》がおかしかったですよね？　写真の円盤は一機なのに、見出しは〈艦隊〉になっていました」

そういえば、つじつまが合わないって、ポーレ君は気にしていました。

「あれは、〈アクアテク・ジャーナル〉の編集部に莢ニンゲンが潜んでいたからなんですよ！　莢ニンゲンは、最初から五機の円盤で艦隊を組んでボッコニアンに来襲したことを知っていた。だからついうっかり、単体の円盤の写真にも、その惹句を打ってしまったんです」

なるほど。

「しかもそいつは、今も人間に成りすましたままでいます。いったい何の目的があるんでしょう」

ピノピは「さあねえ」という顔。

「大した問題じゃないんじゃない？」

「雑誌の編集が楽しくなっちゃったとか」

ポーレ君はさらに焦《じ》れて地団駄《じだんだ》を踏む。

「そんな平和的かつ個人的な理由のわけがありません。きっと何か謀略があるんです。莢ニンゲン侵略事件は、まだすべての真相が解明されていないんですよ！」

「そうかなあ」

「だって、今回はまだ回廊図書館の鍵が出現してないじゃありませんか。それは、本当に倒すべきエリアボスが、こいつだからなんじゃないでしょうか」

途端に、ピノピの目がらんらんと輝き始めた。現金なもんです。

「行こう」ピピが魔法の杖《つえ》を手に立ち上がる。

「行くか」ピノが耳をかっぽじりながら起き上がる。

ポーレ君は奮い立つ。「この莢ニンゲン記者、これからアシモフの囲み取材に行くと言ってました。カイ・ロウ図書館へ急ぎましょう！」


アシモフは、サンタ・マイラのロボッチたちがみんなフォボスに移民することになっても、カイ・ロウ図書館に残ると決めている。

「ワタシはハカセのオセワをしたいのデス」

だから会議の成功を祈りつつ、出席はしていない。自らの意志で発言し、進んで特定の人間に仕えようとするこのロボッチの有り様《ありよう》は、ジャーナリストたちの興味を惹《ひ》いた。なので、アシモフのもとには記者が殺到している。いちいち取材に応じていたら何にもできなくなってしまうので、一日に一度、時間を決めて、囲み取材を受けるようにしているわけだ。


ピノピたちがカイ・ロウ図書館に駆けつけてみると、既に四、五人の記者たちが裏庭にたむろしている。アシモフはバラック内で作業をしているのか、姿が見えない。

ポーレ君はマカメラで索敵《さくてき》。

「見当たらないなあ」

ピピはわらわら偵察隊を放った。「さあ行きなさい。いいこと、莢ニンゲンを見つけても、食べちゃダメだからね」

そういえば、わらわらは青物が好物ですよねえ。

ピノはバラックの周囲をひとめぐり。最初に来たとき押《お》し潰《つぶ》されそうになった入口の奥で、ひそひそ声がするのを聞きつけた。

「——ではありませんか」

鼻歌みたいなものも聞こえる。ふふん、ほよ〜ん、うほほ〜い。これって、上機嫌なときのカイ・ロウ博士の発声じゃないか。

ピノはバラックの入口までにじり寄った。

「博士、どうぞ思い出してください。これがあなたの発表した論文です。こんな画期的な発見をなしとげていたんですよ」

ピノはバラックの奥を覗《のぞ》き込む。積み上げられた本の山の陰に若い男が立っていて、上の方を仰いでいる。なぜかといったら、例によって博士が書棚の上にしゃがみこんでいるからだ。

若い男のジャケットの二の腕には〈報道〉の腕章。よし、こいつで間違いない。

そこへちょうど、わらわら偵察隊の一匹がやってきた。

「わらわら、ピピ姉《ねえ》とポーレを呼んできて」

ピノの命令に素早く従うわらわら。しかし、その足跡というか、移動の痕跡《こんせき》が水っぽい。ぬるぬるした線を描いている。

「ピピ姉、新種を育ててンのかな」

そのあいだにも、莢ニンゲン記者は博士に語りかけている。論文集を何冊も手にしていて、次々とページを繰っては、

「ほら、これもそうです。こちらは夫人との共同研究ですね。思い出せませんか」

熱っぽい口調である。博士の方は鼻歌モードのままで、聞いているのかいないのか。ただ、機嫌はすこぶる好《よ》さそうだ。

ピピとポーレ君が忍び足で駆けつけてきた。ピピの肩には集合したわらわら偵察隊も乗っている。

「ポーレ君、あいつ？」

「はい、間違いありません」

ピノピもマカメラで確認。あの記者の正体は、エージェントタイプ莢ニンゲンだ。

「博士を楯にされると困るし」

「記者たちに知られても面倒ですしね」

「ここはやっぱり、これね」

わらわら捕獲ネット——と言わないうちに、わらわらたちが一斉に飛び出した。

「こら、気が早いわよ」

ピピのお叱《しか》りも知ったこっちゃねえ。気配を察した莢ニンゲン記者が振り返るよりも

早く、わらわらたちは襲いかかった。

「あ、まずい！」

ポーレ君の声に、ピノも悟った。そうだよ、これじゃまずいじゃないか。

「わらわら、止まれ！」

「きゃあああああ！」

女性的な高い声をあげて、莢ニンゲン記者が逃げ出す。しかしわらわらの動きの方が速かった。たちまち莢ニンゲン記者にたかって、もしゃもしゃと不穏な音をたて始める。

「わらわらったら、食べちゃダメだって言ってるのに」

さっきの水っぽい軌跡は、わらわらの涎《よだれ》だったんです。青物の匂《にお》い、たまんねえ。

書棚の上のカイ・ロウ博士はきょとんとしてしゃがみこんだままだ。ピノピとポーレ君は莢ニンゲン記者に飛びかかり、食欲に目が眩《くら》んだわらわらたちを引き剝《は》がしにかかるが、なにしろ相手は数が多い。

「痛い、痛いよう」

莢ニンゲン記者は泣いている。

「嘘《うそ》みたい、あんたたち、こんなに凶暴だったの？」

「ていうか、腹が減ってたんだろ」

このまま進むと、本シリーズにふさわしくない猟奇的な描写をしなくちゃならないので、作者も困っちゃう。

「ンとにもう、食いしん坊なんだから。出《い》でよ霧氷、わらわらを凍らせて！」

魔法の杖から冷たい霧が噴出し、一瞬でわらわらたちをフリーズドライに。

「ピピさん、新しい魔法ですね」

「ちょっとした応用よ」

そのとき、「かちーん」。

こちらは「ものが凍る様子」を表すオノマトペではありません。金属的な音をたてて、ピノの頭のてっぺんに、小さなものが落ちてきたのです。

「鍵だ！」

ポーレ君の推測はあたっていた。莢ニンゲン記者がここのエリアボスだった。お気の毒に、わらわらたちに齧《かじ》られて擬態が解け、エージェントタイプ莢ニンゲンの正体が露《あら》わになっている。息も絶え絶えだ。

「助けて、くださ〜い」

一同の頭上がふわっと翳《かげ》った。カイ・ロウ博士がしゃがんだまま仰ぎ見る。

そしてひと言。「扉じゃ」

鍵に続いて、回廊図書館の三番目の扉の出現だ。みんなの上に落下してくる。今回は、何と地面に水平に落ちてくる。

「避《よ》けないと下敷きになっちゃう！」

いえいえピピさん、もっとやばい問題がある。狭い場所で乱闘したものだから、まわりの書架が揺れ始めたのだ。山積みの本も、今にも崩れそうだ。

ポーレ君が叫ぶ。「扉より先に、本の下敷きになりそうです！」

「ピノ、鍵を拾って扉を開けて」

「了解、みんな固まれ！」

落下してくる回廊図書館の扉は、まず高所にいたカイ・ロウ博士にぶつかって、叩き落とされた博士は荻ニンゲン記者の真上に着地。「むぎゅ〜」

書架からばらばらと本が落下。書架そのものも倒れかかってくる。

「開け〜！」

ピノは鍵を握って頭上に突き出し、落下してくる扉の鍵穴に差し込んだ。くるり。扉が開いた。

というわけで、一同スクラム状態になって回廊図書館へと移動。続きは次節です。

第８章
サンタ・マイラ代理戦争・６

「はあ……。やっぱり、『ティナのテーマ』は美しいメロディですねえ」

ピノピとポーレ君、書棚から落っこちてきたカイ・ロウ博士、瀕死《ひんし》状態のエージェントタイプ莢《さや》ニンゲン記者、以上四人と一体がこんがらがって突入した回廊図書館前の羊司書のお部屋。

静かに燃える暖炉の前で、トリセツが葉っぱの先でニンテンドー３ＤＳを器用に操り、それを羊司書のポージーが見物している。冒頭の台詞《せりふ》は、トリセツが感嘆のため息と共に吐き出したものであります。

「おお、ポージーさんは『エアリスのテーマ』がお好きだとおっしゃる？　もちろん、あれはわたくしにとっても永遠の名曲でございます。〈忘らるる都〉でのジェノバとのバトル、今でも、思い出すだけで心が震えてしまいますよねえ」

ピノとポーレ君の二人をクッションにして着地したので、ノーダメージで済んだピピ。

そのまんまの姿勢で暫時《ざんじ》固まっていましたが、我に返って大声で詰問。

「トリセツ、あんた、そこで何やってんのよ！」

トリセツはくるりと一同を振り返る。

「おや、ピピさん。わたくしは『シアトリズム　ファイナルファンタジー　カーテンコール』をプレイしているところなのですよ」

このところ作者もハマっているリズムゲームであります。『FF』シリーズの名曲が二百曲以上収録されていて、プレイするたびに人生走馬燈《そうまとう》状態。ちなみに作者のパーティはセフィロス、クラウド、エアリス、ティファの『Ⅶ』メンバーでほとんど固定なのですが、ときどきセフィロスに代えて『ⅩⅢ』のライトニングを入れています。システムが独特すぎてちょっとしんどかった『ⅩⅢ』ですが、ライトニングはカッコよかった（主役なのに終盤は頑丈な回復役にしちゃってごめん）。音楽もよかった。『FF』シリーズのBGMに外れなし。

「作者は相変わらず甘ちゃんなことを言ってますねえ。わたくしのパーティのリーダーはカオスでございますよ」

「誰もそんなこと訊《き》いとらん！」

ピピが跳ね起きると、落下の衝撃で目を回していたピノとポーレ君も正気づいた。頭を撫《な》でさすりながら起き上がる。

「あれ？　トリセツ、おまえそこで何やってんだよ」

「ですから『シアトリズム』を」

「うわわわわわわ！」

お腹《なか》の底からうろたえた声を発するポーレ君。あらためて腰を抜かしている。

「ここ、どこですか？　博士の書庫じゃありませんよね」

「回廊図書館だよ。本物の方」

ピノの言葉に、ポーレ君は舞い上がる。

「ホントに？　ホントに本当にここが本物の回廊図書館？　僕、入れたんですね？　ＮＰＣ《ノン・プレイヤー・キャラクター》の僕が今、ボツ世界の神秘に触れているんですね？」

そんな大げさなものじゃありません。

ポーレ君が退《の》いたので、彼の下になっていたカイ・ロウ博士が目を覚ました。

「うむむむ？」

「助けて……くださ～い」

哀れ、わらわらに喰《く》われてボロボロの莢ニンゲン記者は、四人分の体重に押《お》し潰《つぶ》され、ほとんどぺったんこになっている。

「それにしても、今回はまた大勢でいらしたものですねえ」

３ＤＳを鉢植えのなかにしまいこむと、トリセツはふわりと近づいてきた。

「わざとじゃないよ。事故なんだ」

カイ・ロウ博士はトリセツに鼻先をくっつけてくんくん嗅《か》ぐと、すぐに興味を失ってしまったらしく、暖炉の前に移動して座り込んだ。シュレッダー腰ミノだけじゃ、寒いんですね。

「ピノ、鍵《かぎ》は？」

「ちゃんと持ってるよ」

ピノが鍵を取り出すと、羊司書のポージーが扉の前の定位置についた。

「ふう、これでやっと三本目だ」

「今回は手間がかかったしねえ」

「あともう三本ゲットしなくちゃならないんだよな。何かオレ、気が遠くなりそう」

ホッとしたせいで疲れも出て、いささかげんなり――のピノピを尻目に、

「中に入るんですね？　僕もついて行っていいですか？」

ポーレ君は熱狂する。ピピはこの騒動で乱れたツインテールをちょっと引っ張って直し、ピノの後に続こうとして、

「助けて……くださ～い」

瀕死の莢ニンゲン記者の哀訴に気づいた。

「おかしいね。鍵をゲットしたのに、エリアボスがまだ生きてる」

この台詞はピノの耳にも届いた。

「じゃ、ちゃんと息の根を止めると、鍵がもう一本出てくるかもな」

ちゃきん！　と羽扇《うせん》を構える。莢ニンゲン記者は号泣。「やめてやめて〜」

無駄な殺生《せつしょう》をしてはいけません。

「しょうがないわねえ。トリセツ、ヒーリング魔法をかけてあげてよ」

「い、いいえ、魔法の必要は、ないのです」

瀕死の莢ニンゲン記者は訴えかける。

「私のボディの、第四豆の部分を、プッシュしてください」

「第四豆？」

詳しくは、第四巻207ページのタカヤマ画伯のイラスト「ボッコニアンマメ知識」をご参照ください。

「私の第四豆は、自己治癒《ちゆ》用エキスのタンクになっているのです」

「だいたいどのへんを押せばいいの？」

「ボディの、真ん中あたりです」

ピピがそのあたりをぐいっと手で押すと、莢ニンゲン記者は「ぐう」と呻《うめ》いた。

「ああ、第四豆が作動しました。ありがとう、ありがとう」

見守るうちに、莢ニンゲン記者の体表からねばねばと粘度の高い青汁がにじみ出てきて、わらわらに喰われた部分を補修し始めた。それにつれて、ぺったんこだった体軀《たいく》もだんだん膨らんでゆく。

しかし、臭《にお》いがきついぞ。

「げぇ、青臭《あおくせ》ぇ」

ピノがそうっと指先で触ってみると、ねばねば青汁は接着剤みたいにくっついた。指と指のあいだで糸を引き、すぐ固まってゆく。

回復した莢ニンゲン記者は、膝《ひざ》をつき手をついて身を起こし、立ち上がった。

「ああ、これで元通りになりました」

ほうっと安堵《あんど》のため息。その鼻先へ、ピノが今度は羽扇ではなく、あのオカリナを突きつける。

「オレはこれ持ってるんだからな。逃げようなんて思うなよ」

「わ、わかっています」

ポーレ君は扉の前で足踏みしているし、博士は暖炉の前で膝を抱えて居眠りしている。

「トリセツ、見張っててくれ」

「はい。植物同士、仲良くいたしましょう」

トリセツがにっこりすると、久々にきら〜んと牙《きば》が光った。莢ニンゲン記者は（もともと青いけど）真っ青になる。

「し、しばしお待ちを。あの、お二人さん」

「何だよ」と、振り返るピノは口元にオカリナをあてている。

「い、命を助けていただいたお礼をしたいのですが」

「お礼？」

きら～ん。今度はピピの目が光る。

「何かくれるの？」

「は、はい。先ほどから伺っていると、お二人は鍵がどうたらこうたらおっしゃってますよねえ」

「だったらどうだっての」

「そ、その鍵は、複製ではいけないのでしょうか。スペアキーじゃ駄目？」

ピノピは顔を見合わせた。莢ニンゲン記者はうんうんと二人にうなずきかける。

「さっき、あと三本ゲットするとかおっしゃってましたよね。合鍵でよろしければ、私、今この場で作って差しあげられますけど」

きら～ん。

ピノピの目がらんらんと輝く。

そうだよそうだよそうだよ。こいつら莢ニンゲンには、ものを複製する特殊能力があるんじゃないか！

いやっほう！

「トリセツ、それでいい？」

「今持ってるこの鍵の合鍵をあと三本作ってもらえれば、用が足りるのか？」

「いや、ちょっと待って」莢ニンゲン記者がまたぞろ慌てる。「三本は作れません。私の力ではあと二本だけしか――」

ピノピは聞いちゃいねえ。

「どうなのよ、トリセツ！」

トリセツはあらぬ方に目をやって鼻歌をうたっている。

「トリセツ！」

トリセツは鼻歌で答える。「わたくしは～♪　存じません。見て見ぬふりを～♪　してあげますから、お試しになってみれば～♪　よろしいんじゃありませんか」

きゃっほう！

ピノピは莢ニンゲン記者に飛びかかった。そんなことしなくたってもう逃げたりしないんですけど、勢い余っちゃって。

「作って作って、合鍵をあと三本！」

「ほれ、早くぱくっと割れろ！」

「あれ、ですから、ちょっとお待ちを、あの、私の力では、二本しか」

現場はそれどころではなさそうなので、作者がさくっと解説しますが、莢ニンゲンたちの第五豆と第六豆は〈スペア豆〉と申しまして、その中に、人や物を複製する素材が入っているのです。これまた、詳しくはタカヤマ画伯のイラストをご覧あれ。

「私の、第五豆と、第六豆、げぼ！　中身が空っぽに、あれぇ」

莢ニンゲン記者はまたぞろへろへろに消耗しつつ、複製鍵を二本製造してくれました。

「あと一本！」

「だから二本が限界なんですってば！」

万歳、万歳！　元鍵一本に合鍵が二本プラスされて、合計で三本だ。ポーレ君も一緒に歓声をあげる。

「やった！　これで連載の優に一年分は短縮できたぞ！」

羊司書のポージーが扉を開けてくれて、ピノピとポーレ君は踊りながら回廊図書館内に足を踏み入れた。

かちゃり、かちゃり、かちゃり。三つの鍵でそれぞれ三つの扉を開けて、三冊の本をゲット。

「いやあ、すごい蔵書だなあ」

ポーレ君の顔は興奮で真っ赤だ。

「自由に歩き回れれば、もっといいのに」

「贅沢《ぜいたく》言わないの」

戻ってきた三人。その手に一冊ずつ、魔王の本。

「ポーレ、ここで読めるか？」

ポーレ君は汗でずり落ちた眼鏡《めがね》をかけ直す。

「はい、ざっとなら読めると思いますが……羊さん、あなたがここの司書さんなんですよね？」

羊司書のポージーがうなずく。

「すみません、ちょっと机をお借りしていいですか。大事な本を取り落とすといけないので」

羊司書はポーレ君のために椅子《いす》を引いてくれた。ポーレ君は机の上に三冊の本を置き、姿勢を正してきちんと腰掛けると、一冊ずつ丁重に表紙をめくってゆく。

まずは三冊目の本。大きく「コ」と書いてあるだけで、あとは白紙である。

そうなのだ。ここでゲットした本は、最初はこの状態なのだった。文字が現れて内容がわかるまで、しばらく待たねばならない。

あ痛ぁ。ピノピは悔しがる。

「すっかり忘れちゃってた」

「二冊目の本から、ずいぶん時間が経ってるもんなあ」

莢ニンゲンの侵略を書くことに興じて、作者もうっかりしておりました。

「しょうがねえ、早く帰ろう」

「ちょっと待ってください。戦果はすぐ確認したいじゃありませんか」

ポーレ君は、四冊目の本の「ニ」、五冊目の本の「ア」もちゃんと確認し、三冊をきちんと机の上に並べると、小声でごにょごにょ囁《ささや》きかけた。

「よいさだく　てれわらあ　ととっと　らかすまめよ　がじもいだんじ　はくぼ」

残る一同は、きょとん。

「ポーレ君、大丈夫？」

「さっき頭を打ったか？」

「いえいえ、ご心配なく」

ポーレ君は眼鏡のつるを軽く押さえる。

「古代語で、ちょっと話しかけてみたんです。効き目があるといいんですけど」

その言葉が終わらないうちに、あら不思議。三冊の本の白紙のページが、現れ出た神《じん》代《だい》文字《もじ》の列で、どんどん埋め尽くされてゆく。次のページ、その次のページへとめくれてゆく。

「ばっちり通じましたね！」

本来の姿に戻った本を、ポーレ君は悠々と解読に取りかかる。

「ふむ……ふむ……。どうやらこれは、瞬間移動の魔法の指南書のようですよ」

「莢ニンゲンたちの物質瞬間転送機と同じことが、魔法でできるの？」

「はい。ただ……一度行ったことがある場所でないと駄目なようですけど」

それでも、この魔法があれば移動がぐっと楽になることは間違いなし。『幻想水滸《すいこ》伝《でん》』シリーズのファンの皆様ならば、おわかりでしょう。

――ビッキーが仲間になった！

そう、あの感じであります。

「魔法なら、あたしが覚えればいいのね」

「そうですね。詳細を知るには、アクアテクに戻って解読しないといけませんが」

次、今回の二冊目。

「ふむ……ふむ……これは増殖魔法です。物を複製することができる……わらわらも増やせますよ、ピピさん」

「やった！　またあたしの魔法ね」

「オレは収穫ナシかよ」

口を尖《とが》らせるピノ。ポーレ君は三冊目の本を取り上げる。

「文句を言うのはまだ早いですよ、ピノさん。ふむ……これはピノさん向きです。攻撃力を上げるための魔道書ですから」

「でも魔法なんでしょ？」

「お手持ちの武器を、ガンブレードに変化させる魔法です」

「ガンブレード？」

「銃剣ですよ。銃のように遠距離攻撃もできる長剣です」

ポーレ君がにやりと笑った。

「しかも、プラズマ砲と同じ威力のあるビームが撃てます」

やったぁ、やったぁ、やったぁの三唱。

「オレ、やっと羽扇とお別れできる！」

まともな剣《つるぎ》が手に入るぅ。

「それは——本当に喜ばしいことですね」

手を打って踊り回るピノピを眺めつつ、部屋の片隅で莢ニンゲン記者がおずおずと言い出した。

「お役に立てて何よりです——ですから私のこと——見逃していただけませんか」

ピノピとポーレ君は輪になって踊っていて、聞いていないみたいです。

「このままボツの社会に溶け込んで、〈アクアテク・ジャーナル〉で働きたいんです。私、この世界が好きなんです。雑誌の編集という仕事が大好きなんです」

一生懸命訴えるけれど、誰も聞いていないみたいです。

「私の複製元の男性は、こんな仕事なんかつまらない、オレはもっとでっかい夢を追いかけたいんだとか言って、この世界から逃げ出したがっていました。だから今も、我々の円盤に隠れたまんま、戻っていないんです。ロボッチたちの惑星移民が決まったら、一緒にフォボスへ行くつもりなんですよ。だから、私がこの世界にいても、何の問題もないんです」

さらに切々と訴えるけれど、やっぱり誰も聞いていないみたいです。

さんざん踊りまくり、喜びまくり、ハイタッチし過ぎて手が痛くなってきて、ようやくピノピは落ち着いた。と、それを待っていたかのように、ぴい、ぷう、という不可思議な物音が聞こえてきた。

暖炉の前で、シュレッダー腰ミノひとつのカイ・ロウ博士に寄りかかり、トリセツも一緒になって居眠りしている。そのイビキだ。

「――変なイビキ」

「それ以前に、なんで寝てンだよ。いつもながら緊張感のない奴《やつ》だなあ」

たいがい、トリセツについては諦《あきら》めたつもりですけどね。

そこへ、やわらかく穏やかな発言が。

「今回、皆さんは、魔王からいっぺんに三つの能力を奪い取りました」

羊司書のポージーだ。机の脇《わき》に、姿勢を正して慎ましく控えている。

「大変な成果でございますね」

その口調がかすかに悲しげに聞こえるのは、気のせいでしょうか。ピピは目を瞠《みは》っている。大変な成果。ピノピたちにとってはもちろんそうだ。でも、この司書にとってはどうなのか。

重苦しい沈黙。

「ぴぃ、ぷう、ぽう」

軽やかなトリセツのイビキ。

ピノは羊司書をじいっと見つめる。やっぱり、あの鼻面のほころびを繕《つくろ》った跡のように見えるものが気に掛かる。

それと、ポージーという名前。これもやっぱり、どっかで聞き覚えがある。はっきり思い出せないのがじれったい。

「し、司書さん」

ポーレ君がはにかみつつ声をかけた。

「僕はポーレといいます。学究の徒《と》です。よろしくお願いします」

羊司書と丁寧にお辞儀をし合う。

「回廊図書館から本を一冊取り出すと、その本に記されている知識の分だけ魔王の力を削《そ》ぐことになるというシステムは、僕らも知っていました。でも、それだとつまり、あなたは――」

魔王の図書館の司書でありながら、魔王を裏切っているのではないか。ホントのところ、ポージーさんの立場はどうなのだ？

「ええ、実はわたしも、ずっとそれが気になってたんです」

ピピがやっとこさ、言いにくそうに言い出した。そりゃ言いにくいよなあ。あれだけ手放しで喜んじゃった後だもの。ついさっきまでは、ポージーのことなんか忘れてたでしょ。

ピピはちっと舌打ちし、口の端っこだけで低く言った。「それ以上つまんないこと言うと、あんたの仕事場にわらわら軍団を送り込んでやるよ」

登場人物に脅される経験は、作者も初めてであります。くわばら、くわばら。

「ねえ、ポージーさん」

にわかに少女マンガのヒロインのようなお星様キラキラ瞳《ひとみ》になって、ピピは問いかける。

「あなたはどっちの味方なの？」

「ぴい、ぷう、ぽう」

トリセツのイビキがうるさい。

「私はただの司書でございます」と、ポージーは答えた。

温和な無表情。淡々と優しい口調。なのに気圧《けお》されるような気がして、ピピは口をつぐんだ。

「それは、あなたはどっちの敵でも味方でもないって意味ですか」

めげずに、ポーレ君は問いつめる。学究の徒は、温和《おとな》しいけどしつこいのだ。

「ボッコニアンの魔王は単一の存在ではなく、しばしば交代すると言われています」

現在のボッ世界史観では、それが定説。

「あなたは、魔王の交代とは関わりなく、ずっとこの図書館を守っているんですか。それがあなたの役目で、存在理由でもあるから、中立なんですか」

ピノには質問の意味がよくわからない。

「どっちにしたって、オレらは残りあと一本の鍵をゲットすればいいんだ。そしたら魔王の居城への道が開けるんだからさ。わかんないことは、魔王に直接会ってから質問すりゃいいよ」

ポーレ君はピノに向き直った。

「お二人は戦うんですよね、魔王と」

急に我に返ったような問いかけにピノピが答える前に、羊司書の部屋がどすんと揺れた。

「うぺ！」

間抜けな声をあげて、カイ・ロウ博士が目を覚ます。

「ここパどこだ？　私パこんなところで何をしているんだ？」

まっとうな大人の分別ある声音です。

「この格好パ何だ？　私パどうしてこんな腰ミノを着けている？」

これまたまっとうな疑問ですが、「私は」と言うべきところが「私パ」になってます。

「あれ、ピノピさん、これパ何事です」

トリセツも居眠りから覚めた。目をぱちぱちさせ、葉っぱを泳がせている。

「魔王がお怒りです。あなたたちパ、何をやらかしたんですか――」

こいつも、またハ行の発音がおかしくなってるぞ。

「空気のなかに魔王の怒りの気が満ち満ちています。あプない、パや（早）く逃げないと」

トリセツの言うとおり、不穏な気の流れを、ピノピも感じる。空気がびりびり震動している みたいだ。そこへまた、下から突き上げるような揺れがきた。

「地震です！」ポーレ君が叫ぶ。「皆さん、机の下に隠れて！」

「それより、ここから逃げ出すんだ」

暖炉の火がごうっと燃え上がり、まわりの壁と絨毯《じゅうたん》を焦がした。羊司書の部屋は縦にも横にも揺れて、まるで部屋ごと転がされているみたいだ。

「これ、ただの地震じゃないわ」

揺れながら、部屋が端から消えてゆく。壁や天井の隅が失《な》くなって、そこから暗黒の闇《やみ》が広がってゆくのだ。

「君たち、パやく逃げなさい！」

シュレッダー腰ミノ姿のカイ・ロウ博士の、きわめてまっとうなお言葉。そのとき、いきなり部屋の床が抜けた。一同はとりどりの悲鳴をあげながら、ぽっかり空いた暗黒のなかへ落下してゆく。

おや？　わずかに消え残った床板の端っこにつかまって、莢ニンゲン記者がしぶとくぶら下がっている。

「わ、私、どうしてこんな目に遭うんでしょうか」

一応、エリアボスだったのにね。

「もうすぐ、今月の校了、なのに」

そこで床板がすべて消失した。あれぇ～とか細い悲鳴を残して、莢ニンゲン記者も落ちてゆく。

一気に暗転したこの場面の、分厚い虚無の闇を震わせて、ドスとエコーの利いた怒号が響き渡る。

「**合鍵なんてインチキしやがってぇ！**」

ようやく登場の魔王、初回は音声のみのご出演です。

ミニゲーム
落ち物パラダイス

「きゃあああああ～！」

主要登場人物、落下中です。

「きゃあああああ～！」

だから悲鳴をあげているのであって、これはけっして作者の手抜きではありません。

「きゃあああああ～！」

この二ヵ月ほど、作者は、PS Vitaのアクションゲーム『ソウル・サクリファイス デルタ』を断続的にプレイしております。

「きゃあああああ～！」

なにしろアクションゲームがど下手《へた》なので、なかなか進まない。しんどくなってすぐ休んでしまうのでちっとも上達しない——という悪循環。

「きゃあああああ～！」

それでも諦《あきら》めずに頑張っているのは、『ソルサク』に登場する魔物がみ～んな、めちゃめちゃグロテスクで魅力的だから。いやぁもう、いったいどうやってこんな凄《すさ》まじいクリーチャーを造形するかねえ。クリエイターさんの頭のなかを覗《のぞ》いてみたいですよ。早くシンデレラさんと戦いたいなあ（負けるけど）。作者が心臓刻印を手にする日は来るのかなあ……。

「きゃあああ～！」

どすん！

どうやら落下が止まり、どこかに到着したようです。新しいエピソードを始めましょう。

あ、ついでに言うと、作者は現在〈アヴァロン〉所属で、〈均等の腕〉志向です。

ピノピは広い草っぱらのど真ん中でお尻をさすっている。

「痛《い》ったぁい」

「オレたちが落ちてるあいだ、作者のヤツ、何かブツブツ言ってなかったか？」

頭上には青空。心地よいそよ風。ここはどこだろう。

「ピピ姉《ねえ》、ポーレ君は？」

いない。トリセツもカイ・ロウ博士も、莢《さや》ニンゲン記者も羊司書もいない。ピノピだけです。

「バラバラになっちゃったみたいね」

どこか怪我《けが》をしていないか確認しつつ、ピノは立ち上がって屈伸運動。ピピはツインテールを編み直しながらまわりを見回して、アッと気づいた。

「ここ、うちだよ」

うち？

「おじいちゃんとおばあちゃんの牧場！」

遠くに赤い屋根の厩舎《きゆうしや》が見える。今しもそこから、テンガロンハットを小粋な角度で頭に載っけたじいちゃんが、むくむく羊たちの群れを従えて外に出てくる。

「おじいちゃ〜ん！」

ああ、懐かしいじいちゃんの笑顔と、臭《くさ》い羊たち。

というわけで〈フォード・ランチ〉のキッチンテーブルに落ち着いたピノピ。ばあちゃんがせっせと料理してくれて、じいちゃんがお給仕してくれます。

「こんなふうに落ち着いてご飯を食べるの、久しぶりだぁ」

パクつきながら、これまでの出来事を口々に語る二人ですが、王都やアクアテクの出来事はともかくも、三国志やホラー村のことは、あまりにも嘘《うそ》っぽくって信じてもらえない。

「二人とも、少し痩《や》せたんじゃないかい？　もうこんな旅なんかやめたらいいのに」

「そうはいかないよ。オレたち、伝説の長靴の戦士だもの。この世界の真実を見つけにいかなくちゃ」

その長靴は、ばあちゃんがぴかぴかに洗ってくれたので、日向《ひなた》に干してある。

「あと一歩なのよ」

ローストチキンを頬張《ほおば》りながら、ピピもうなずく。「あと鍵《かぎ》をひとつ見つければ、魔王に会えるの。この世界の真実にたどりつけるのよ！」

じいちゃんばあちゃんは顔を見合わせる。

「……魔王ねえ」

「そんなものに会って大丈夫なのかい？」

封印が解かれたあの日、ピピと一緒に空を見上げて仰天したじいちゃんばあちゃん。でも、凍結騒動も空龍《エア・ドラゴン》大暴れも、喉元《のどもと》過ぎれば熱さを忘れる。かぽ～んと長閑《のどか》に暮らしてきた老夫婦には、世界の真実なんて、晩ご飯のおかずよりもどうでもいい。しかし、孫の身の安全はどうでもよくありません。

「ぜんぜん大丈夫よ。あたしたち強いから」

にっこり笑うピピに、パスタを巻きつけたフォークをくわえて、ピノも同調する。

「そうだよ。じいちゃんもばあちゃんも、心配することなんか何にもないって。けどピピ姉――」

「口のなかのものを呑《の》み込んでからしゃべって」

ごっくん。

「鍵の話さ。もう探さなくていいんじゃねえかな」

「どうして？」

「オレらがここへ落っこちてきたのは、回廊図書館が失《な》くなっちゃったからだろ」

ピピは驚いた。「あれって、失くなっちゃったの？　あたしはただ、あたしたちが外へ放り出されただけだと思ってた」

そう言われると、ピノもちょっと揺らぐ。

「けど、床が抜けちゃったんだから」

「羊司書さんの部屋だけじゃない？　図書館の方は、きっと無事よ。だって回廊図書館を消しちゃったら、魔王も困るでしょう」

膨大な蔵書から、新たな知識を吸収することができなくなる。

「だいいち、あれは代々の魔王が大事にしてきた図書館なんでしょ。今の魔王のワガママで壊したり失くしたりしていいものじゃないわよ。遺跡みたいなものなんだから」

ピピさんや、この場合はむしろ、ボッコニアンの世界文化遺産と言うべきです。

「まあ、そんならいいけど」

ピノは頭をぼりぼり。

「羊司書、どうしてるかなあ。あいつもオレらと一緒に落っこっちゃったはずだから」

「あ、そうだね」

にわかに、ピピは今までいちばん深刻な顔になった。

「ポージーさんは、あの部屋から外に出て大丈夫なのかな」

「司書の仕事なら、どこでも見つかるって」

呑気《のんき》なピノの返答にもかかわらず、テーブルの上にどんと追加されたパンケーキの山にも目をくれず、ピピはキッチンテーブルのスツールからぴょんと降りた。

「ご馳走《ちそう》さま。おばあちゃん、すごく美味《おい》しかった。おじいちゃん、あたしたちもう行かなくちゃ」

ピノはテーブルの上の料理に未練がある。

「どこ行くのさ」

「どこにでも。みんなを探さなきゃ」

ばあちゃんはキッチンの棚から大きなバスケットを下ろして、お弁当を詰め始めた。

「人探しをするなら、まず保安官事務所に行ってみたらどうかねえ」

「保安官ならここにいるぞ」

キッチンとリビングの仕切りのところに、腰のホルスターにちょこっと親指を引っかけて、アーチー保安官が立っている。

「お帰り。二人とも日に焼けたな」

文庫本第一巻「瀕死《ひんし》度激高チュートリアル」以来の登場です。今回も、お好きな声優さんの声でどうぞ。

「わ！　ほわんかん」

「ほあんかんだ！」

「何でここにいるの？」

「ワシが報《しら》せたからじゃ」と、じいちゃんが自分の鼻の頭を指す。

「でもおじいちゃん、出かけてないのに」

じいちゃんは自慢げに反《そ》っくり返った。「近ごろじゃ、わざわざ出かけなくても保安官と連絡がとれるんじゃよ」

こっちに来てごらんと手招きされたピノピ。リビングの窓際のコーヒーテーブルの上に鎮座しているものを発見。

「トリセツ」

「じゃなくて、トリセツモデルのルイセンコ式ファンシー電話機じゃんか」

こんな新しい発明品が、もうフネ村に？

「うちは特別だよ」と、今度はばあちゃんが自慢顔。「発明家のルイセンコ博士って人が、試作品を使ってくださいって、わざわざ取り付けに来てくれたんだ」

「こんな便利なものを作り出せるなんて、立派な人じゃ」

博士、フネ村に来たのか。

「そのルイセンコ博士って、ずっと村役場にいた鑑定課のおっさんだよ」

「おや、そうなのかい」

じいちゃんばあちゃんは、まだ役場のことはよく知らないのだった。

「そんなら博士、まだ村にいるかなあ」

この問いかけには保安官が首を振った。「つい昨日、出て行った。というか俺が頼んでお引き取り願ったんだ。村の広場にあんな物騒なロボットを駐《と》められてちゃ困る」

「しかもしょっちゅう大音声《だいおんじょう》で歌ってて、うるさくてかなわんし」

リニューアル・ボッコちゃんだ。

「どんな歌ですか」

「聞け　万国の　労働者ぁ～♪」

そこは変わっていない。

「出て行く前に、保安官事務所と病院にも、この妙にメルヘンな形の電話機を設置していったんだが」

――これから爆発的に普及する新アイテムだ。感謝するべし。

なんて、恩着せがましいことを言ったそうです。でもまあ、電話システムの発明って、それ以降のどんな発明よりも画期的で、明らかに時代を変えたものですよね。直接会わなくても意思の疎通を図れるというだけで、どれほど時間を節約できるようになったことか。

ボッコニアンにも、夜明け来たる。

「とりあえず、アクアテクのポーレ君に電話してみよっか。あたしたちと同じで、ポーレ君もうちに帰ってるかもしれない」

ピピがトリセツのようなお花の形の送話器を手に取った、そのとき。

〈GET SET〉

ピノはびくっとした。今の声、誰だ？

ピピも目を瞠《みは》っている。「ピノ、今の聞こえた？」

「う、うん」

「おじいちゃん、おばあちゃん」

「あと、ほわんかん」

「ほあんかんだ！」

「今の声、聞こえた？　ゲットセットって言ったの」

三人とも当惑している。

「じゃ、あたしたちだけなんだ。ピノ、電話は後回し。荷物を持って長靴を履こう」

「え？　何で」

「誰だか知らないけど、親切に〈用意しろ〉って指示してくれてるのよ。早くしよう」

ばあちゃんが洗って拭《ふ》いて磨いて綺麗《きれい》にしてくれたペアの長靴。しかし、ずうっと履きっぱなしだったから、臭《にお》いがキツい。もうしばらく干しておきたかった。

鼻をつまんで、ピノが片足を長靴に突っ込んだそのとき。

〈READY?〉

ピピが慌てる。「ほら、早く早く。リュック背負《しょ》って」

ピノも慌てる。大事なものがまだだ。

「ばあちゃん、弁当！」

「はいはい、持ってお行き」

ピノはばあちゃんのバスケットを抱きかかえる。二人とも長靴を装着。しっくりと足に馴染《なじ》んだ履き心地。

「よし、これでオー」

オーケーと言い切らないうちに、

〈GO!〉

ピノピ、再び落下開始。

ぴゅうううううう〜

風を切って落ちてゆく。いちばん初めに、〈門番〉だったルイセンコ博士に、

「当たりだ！」

と言われた直後のあの落下を思い出します。何かよくわからない文字みたいなものが地層のように折り重なっているなかを突き抜けて、ひたすらに落ちてゆく。

「ピピ姉、大丈夫か？」

「うん、無事よ」

ピピのツインテールが舞い上がる。

「また、ガラスの筒のなかを落ちてるみたいな感じだぜ」

「そうね。つるつるしてる」

ピピは指先で壁に触れてみる。と、その部分が淡く光って、電光掲示板みたいに文字を浮かび上がらせた。

〈体力＋1　魔力＋3　精神＋2〉

ピピは目を瞠った。「これ何？」

ステータスがアップしたことをお知らせしてるんですよ、ピピさんや。

「そっか！　久しぶりにうちに帰って、美味しいお料理を食べさせてもらったから、あたし成長したんだ」

ほかほかといい匂《にお》いをさせているバスケットを後生大事《ごしょうだいじ》に抱きしめて、ピノはちょっと青ざめる。

「じいちゃんばあちゃんに会ったのに、父さん母さんには会わなかったの、やばいかなあ」

後でまた嫁姑《よめしゅうとめ》戦争が起こるんじゃないか。

「気にしてもしょうがないよ。それよりホラ、ピノも壁に触ってごらんよ」

バスケットを落とさないよう、慎重にバランスを取りつつ右手を伸ばすピノ。とことん弁当が大事。

〈体力＋5　素早さ＋3　運＋2〉

光る文字が走って消えた。

「あたしたち、成長しやすいパラメーターが違ってるんだね」

「戦士と魔法使いだからな」

「素早さと運の数値が高いのは、普通、戦士じゃなくてニンジャか盗賊だけど」

「そういえば、モンちゃんハンちゃんはどうしてるかなあ。ジュウベエも元気か」

元気かなあと言い終えないうちに、当のジュウベエが目の前にシタッと着地した。

「あれ？」と、ピノピ。

「うむむむ？」と、ハンゾウ。

「おおおおお？」と、その他大勢のニンジャたち。

ここは王都の地下、ハンゾウの陣屋の奥にある道場だ。正面には一段高くなっている場所があり、そこにハンゾウがちんまりと座していた。後ろの壁には掛け軸。墨痕淋漓《ぼっこんりんり》と、この四文字。

〈急転直下〉

確かに、合鍵によってずいぶんと急展開しました。さすが頭領、わかっていらっしゃる。

「おお、ピピ殿とピノ殿ではありませんか」

「ジュウベエさん！」

頭領のハンゾウが見守るなか、ジュウベエは手下のニンジャたちに演武を見せているところだった。二度目の落下で、ピノピはそこへ舞い降りたのだ。

「ご無事で何よりでござる！」

「ござる！」

唱和するニンジャたちの声から一拍遅れて、彼らのお腹《なか》が盛大に鳴った。そう、ここのニンジャたちって腹減らしだったんだよねえ。

「さあお食べ、どんどんお食べ。たくさんあるからね」

まるわ弁当店のアヤコさん自《みずか》ら指揮を執《と》り、ハンゾウの陣屋の台所はフル回転だ。伝説の長靴の戦士がまたやって来たというので、ハンちゃんは素早く関係者を集めてくれた。王様のモンゾウ、王都を守る近衛騎士団《このえきしだん》の面々。アヤコさんにはハッパ好きのご亭主コレスケさんと、店員たちもついてきた。で、その全員が背中に大荷物。食材をたっぷり運んできてくれたのだ。

「これ、おみやげ」

ピノが差し出したばあちゃんのバスケットの中身は、大いにアヤコさんを刺激した。

「あんたら、こんな美味しいものを食べてきたの？　だったらあたしも負けちゃいられないね」

というわけで、ピノピはここでもまた食卓についている。熱々の料理をいただきつつ、ちっちゃいからポータブルなモンハン兄弟に、ここまでの苦労話を語る。実はあんまり苦労してないような気もするけど。

モンハン兄弟は、ピノピの冒険譚《たん》がお気に召したらしい。

「儂《わし》もその市だか町だか村だかに行ってみたいなあ」

「儂は三国志の場に行きたいのう。なあ、ジュウベエ」

脇《わき》に控えていたジュウベエも、にこにこと賛同する。「は！　新しい武術を習得できるかもしれませんな」

台所の隣の大食堂では、近衛騎士団とニンジャたちが大宴会をしている。クトゥルー系の皆さんの襲撃で壊されたところはきちんと修繕されており、何事もなかったかのように平和だ。

「へい、かに玉お待ち！」

コレスケさんとまるわ弁当店の店員さんたちの給仕は速くて正確でリズム感に溢《あふ》れていて、見た目にもカッコいい。まるで映画『ギャルソン！』みたい。

「おお、いかんいかん、忘れるところじゃった」

ハンゾウ秘蔵の白濁酒でいい感じに酔っ払っているモンちゃん王様、乾杯《カンペェ》カンパイと盛り上がっている近衛騎士たちを、ちょいちょいと手招きした。

「君たち、あれをここへ持ってきなさい」

「何ですか？」

「おまえたちが発った後、城の宝物庫を棚卸《たなおろ》ししてみたのじゃよ。そしたらいろいろ出てきてなあ」

三人の近衛騎士が運んできたのは、大・中・小、三つの宝箱である。

「王様、これって『舌切り雀《すずめ》』？　だったらあたし、小さい宝箱でいい」

「待て待て、ピピ姉。大きい宝箱にしようぜ。そンで、出てきたモンスターを倒して金と経験値をがっぽり」

	HP	MP	SP	力	体	序	精	素	運
					+5			+3	+2
					+1	+3	+2		

	HP	MP	SP	力	体	序	精	素	運
			+20	+3					
		+20							

ピノピがそんなことを言ってるうちに、近衛騎士が三つとも開けてしまいました。ち〜ん。

どの宝箱のなかにも、古ぼけた巻物が一本ずつ入っているだけだ。なのに、モンちゃん王様は楽しそう。

「まあ、そんなにがっかりせず、広げてみてごらん」

ピピが最初の小さい宝箱の巻物を広げる。

読めません。

「おお、漢字で書かれておる」

ハンちゃんが解読してくれたので、作者がここに転記します。

「御所望《ごしょもう》の魔法一巻《ひとまき》」

魔法の単位は〈巻〉であるらしい。作者も知りませんでした。

「この巻物を得たことにより、好きな魔法をひとつ習得できるという意味じゃの」

「でも、どうやって？」

「そのうちわかるじゃろ」

ピノが中くらいの宝箱の巻物を広げる。

「御所望の技一掛《わざひとかけ》」

音だけだと「ニンニクひとかけ」と同じ数え方になりますが、意味は違います。

最後に、ピピが大きな宝箱の巻物を広げる。今度は字数がちょっと多い。

「御所望の召喚魔法一対《いっつい》」

ピピの目が宝玉のように輝き始めた。

「——召喚魔法」

ほとんどのファンタジー系RPGで、これを習得して使えるようになるのは（あるいはトレジャーとしてこれを落とす敵キャラに出会うのは）中盤以降と相場が決まってます（思えば『FFX』は希有《けう》な例外でしたが、あれは世界設定がまず召喚士ありきだったからね）。

拳《こぶし》を固めて天に突き上げ、ピピは叫ぶ。

「ついにここまできたわ！　このあたしが召喚魔法を使うのよ！」

「今までだって、わらわら使ってねぇ？」

「あれはただの使役魔法。召喚魔法とはまったく次元が違います！」

しくしくしく。ただの使役魔法と言い捨てられたわらわらたちが泣いてますが、隣の大宴会が賑《にぎ》やかすぎて、そのひそやかな泣き声は、ピピの耳に届きません。

「しかしこの〈一対〉というのは、単位じゃあるまいのう」

「ペアという意味じゃろうね」

モンハン兄弟が、さらに酔っ払い度を進めつつ会話する。

「じゃあ、攻撃系と補助系か防御系の召喚魔法がセットで手に入るということかの？」

「火属性と氷属性など、反対属性の攻撃魔法をひとつずつゲットできるのかもしれん」

今までボツの世界ではまったく触れてきませんでしたが、属性って大事だもんね。ちなみに『ソルサク』の属性は五種類。熱・冷・雷・石・毒。〈ねこかいどう＝猫街道〉と覚えると便利だと教わりました。

三本の巻物をとりあえず大事にピノのリュックにしまい込み、かに玉とパリパリ春巻きを食べていると、また聞こえてきた。

〈GET SET〉

ピノはお皿に残った春巻きをわしづかみ。

「おっと時間だ。モンちゃん王様ハンちゃんジュウベエアヤコさんたちもお元気で！」

「ご馳走さまでした」

〈READY?〉

「へい、杏仁豆腐《あんにんどうふ》あがったよ！」

「わぁ、食べたかったなあ」

「あいよ、よそってあげる」

「残念ながら時間切れなんです」

〈GO!〉

ピノピ、三度目の落下開始。


ぴゅううううう〜

「さて、アヤコさんのうまうまご飯で、どんな効果が出てるかなあ」

るんるんしながら壁に触れるピピ。文字がさあっと走って瞬《また》く。

〈MP＋20〉

ソンだけ。

「ピノは？」

パリパリ春巻きを食しつつ、油っぽくなった手で壁に触れるピノ。

〈SP＋20　力＋3〉

「さっきよりしょぼいぞ。技と魔法はどうなったんだ？」

「そっか。今回は、この状態でさっきの巻物を広げないといけないんだよ、きっと」

もう落っこちるのにも慣れてきて、ピピは空中で手早くピノのリュックを開ける。

「巻物を広げて――どうすればいいのかな」

「読み上げりゃいいんじゃねえの？」

ピピは愛らしくハイトーンの声を張り上げて朗読。

「御所望の魔法一巻」

何も起こりません。

ぴゅううううう〜。目の前を壁が通過してゆく。と、そこに勝手に文字が浮き出て、恨みがましい感じにねじくれて消えた。

〈儂を忘れておるじゃろう〉

ピノピはきょとん。すると、さらに凶悪にねじくれた雰囲気の文字が登場。

〈やっぱり忘れておるなぁぁぁぁ〉

あ！　ピノピは同時に思い出した――ってことは今まで忘れてたわけだ。

「裴松之《はいしょうし》先生ね」

「〈教えて裴松之先生チケット〉を使えばいいんだな！」

ところでチケットはどこかしら。ベストのポケットのなかだ。ピノがパリパリ春巻きの油で汚れた手で取り出したので、しみがついちゃいました。

「この巻物はどうやって使えばいいのですか。教えて、裴松之先生！」

二人で声を揃《そろ》えてお願いすると、ご丁寧にも、

〈えへん〉

まず、先生の重々しい咳払《せきばら》いが文字になって出現。もったいをつけておられます。

〈丸めた巻物で、習得したい魔法や技の素材となるものを叩《たた》けばよろしい〉

叩くの？　思いがけない使用法だけど、簡単だからまあいいか。

「こんな感じに？」と、ピピが巻物を軽くかざしてみる。

「強く叩かなくてもいいんだよな」と言いつつ、ピノは思いっきり巻物を振り上げる。

そのとき。

どすん！　次の停止場所に到着。二人の手のなかの巻物に、がっつんがっつんと重い手応《てごた》えがありました。

「わ、何かを叩いちゃったみたい」

「ここ、どこだ？」

小高い場所だ。建物のなか——というかここはベランダだ。仰げば、瓦葺《かわらぶ》きの重厚な屋根が見える。そして振り返れば高く広がる蒼穹《そうきゆう》と、緑の森の向こうに青々と豊かな長江《ちようこう》の流れ。

「三国志の場に着いたんだわ！」

わあ、懐かしい——と歓声を上げる寸前で、ピピは声を呑み込んだ。ピノも巻物を手に握ったまま固まっている。

二人の前にはおっさんとじいさんが一人ずつ、それぞれ額のど真ん中に特大のたんこぶをこしらえ、泡を噴いてひっくり返っていた。二人とも官吏《かんり》の装いで、小洒落《こじゃれ》た帽子を頭に載せ、顎《あご》の下できちんと紐《ひも》を結わえている。

おっさんは魯粛《ろしゅく》。じいさんは、何とあの赤い閃光《せんこう》の張昭《ちょうしょう》。

「あらら」と、手で目を覆うピピ。「日向ぼっこしながらお茶してたんですね」

そこへ、伝説の長靴の戦士たちが巻物で脳天幹竹割《からたけわ》りをかましてしまったという次第でございます。

ミニゲーム
落ち物パラダイス・2

「――いやはや、まったく災難じゃ」

おでこにできた大きなコブに氷嚢《ひょうのう》をあてながら、魯粛が苦笑いする。

「儂《わし》のようなか弱い文官を殴りつけるとは、野蛮な子供らもいたものじゃな」

同じく頭を冷やしながら、張昭が苦虫を噛《か》み潰《つぶ》して独りごちる。

「お言葉ですけど――」

「じいさん、記憶喪失？」

張昭は、暴走ボッコちゃんとの壮絶かつ一方的な一騎打ちをシラッと忘れているのか。

長江から吹きつける涼やかなそよ風を浴びつつ、ピノピは丁重にお詫《わ》びして、ここまでの事情をひとくさり説明したところです。

「そうすると、お二人はあまりのんびりしてはおられんのですな」

「うん。いつまた〈GET SET〉の合図があるかわかんないからね」

ゼネラリストの魯粛はてきぱきと立ち上がる。「ならば早速、お二人が件《くだん》の巻物によって得た新しい力を試してみましょう」

「でも、ここでまた暴れるのは恐縮で」

呉軍《ごぐん》の陣も建物も、しっかり再建されている。遥《はる》かに見遣《みや》る対岸の魏軍《ぎぐん》の本拠地も、かの赤白《せきはく》の戦い以前よりも立派になったみたいだ。

魯粛はにっこりした。「なぁに、遠慮しなくても長江は広い。それに、ここには模擬戦闘の格好の相手がいよりますで」

魯粛が長江の方に向かって口笛を吹くと、豊かな流れの真ん中あたりから、ぶくぶくと水泡が湧《わ》き立ち始めた。

「げ！　またモンスター？」

「いやいや、しばしご覧あれ」

見守るうちに、長江の上に巨大なステージが浮上してきた。ヘリポートをでっかくしたみたいな造りで、中央に黄色い円が描いてあり、四隅に何か機械《マシン》が設置してある。

「ルイセンコ博士が、兵卒たちの訓練用に造ってくれましてなあ」

四隅のマシンがぴかりと点灯する。１から４まで順番に点《つ》くと、ステージ上にほんのりと輝く大きなキューブが現れた。

「あれは三次元スクリーンで、ほろぐらむというものを映し出すのですよ」

点いている光が緑色に変わった。「オールグリーン、ジュンビカンリョウ」と合成音声が響く。

「さあ、行きましょう」

「あの上で戦うの？」

「左様。ステージに立ってリクエストすれば、お望みの敵が登場しますぞ」

先に立って水辺へ下りて行こうとする魯粛を、張昭が止めた。「どこへ行く、魯粛」

「お二人を船着き場にお連れしようと」

水上ステージには、船で行くんですね。

「確かに兵卒どもはそうしておるが……」

ここで呉軍の文官の長・張昭オジキは不敵ににやりと笑った。

「この子らには船など要《い》らん」

ピノピには意味がわからない。

「張昭様、何をおっしゃってるんですか」

「じいさん、オレらは泳いでいけってか」

「何を寝ぼけておる」

言いながら、張昭は屈伸運動をしている。

「おぬしら、儂の活躍を見たろう？」

さらに両肩をぐるぐる回し、ふっと息をひとつ吐き、両脚を踏ん張って身構えて、

「かぁつ！」

一声発すると、その総身が赤い光で包まれた。〈赤い閃光《せんこう》〉だ。

「それ行くぞ！」

ピノピを両脇《りょうわき》に抱え、ベランダの床を一蹴《ひとけ》りして水上ステージへまっしぐら。

「何だ、そういうことじゃったかいな」

魯粛は笑い、両手をラッパにして呼びかける。

「張昭殿ぉ、お二人は時間がないんじゃけぇ、演武をしちゃいけませんぞぉ」

空をよぎって水上ステージに到着。ピノピは目が回りました。

「じいさん、相変わらず凄《すげ》え」

張昭は着物の裾《すそ》をちょいとからげると、履き物を脱ぎ捨てる。

「では、まず儂が手本を見せよう」

完全にその気です。

「マシンよ、〈雑魚《ざこ》敵無限出現モード〉じゃ」

３Ｄキューブのなかに、ぞくぞくと木人《もくじん》たちが出現する。てんでに武器を持ち、胴には鎧《よろい》を着けている。

「わ！　これ何だ？」

「いくらほろぐらむでも、兵卒の姿では何かと感情的摩擦の元になるからの」

この場には、呉軍と魏軍が仲良く駐留しているのですからね。

「しかし、戦闘訓練に使う木人相手なら遠慮は要らん」

等身大、木製のお人形ですから。

「わあ、ホントにいっぱい出てくるわ」

木人の軍団、戦闘態勢を整えて、ステージの端に立つ三人の方に攻めかかってきます。

「うぉら、行くぞ！」

赤い閃光が木人の群れのなかに突撃、みるみるうちになぎ倒す。

「じゃ、オレも」

ピノは腰の羽扇《うせん》を抜き放った。と、羽扇が小さくため息をついて、

〈これでやっとお役御免ですね〉

諸葛孔明《しょかつこうめい》の声でそう言った。

「え？　そういうことだったの？　アンタずっとこの羽扇に宿ってたのかよ？」

驚くピノの面前で、羽扇はどろんと変身、ピノの腕の長さの銃剣になった。

おお、これが噂《うわさ》のガンブレードだ。『ＦＦⅧ』の主人公スコールの専用武器だ。直接攻撃も遠距離攻撃もできて便利だ。そういう〈便利〉って実はどっちつかずで、『ＦＦⅧ』でも（作者の育て方が悪かったせいだろうけど）強くならなかったよねえ。

「余計なこと言うなぁ！」

叫ぶなり、ピノも木人軍団に突っ込んでゆく。

「ピノ、銃を撃つときは張昭様にあたらないように気をつけてねぇ」

ピピは心配するけれど、大丈夫でしょう。あまりの高速移動に、赤い閃光はほとんど目視できない。光だから、弾《たま》よりも速いんです。

わあわあどたばたやっている3Dキューブから一歩退いて、ピピは魔法の杖《つえ》と向き合う。

「ねえ、杖さん。〈御所望の魔法一巻〉、どんな魔法にするべきかしら」

魔法の杖の思念が伝わってくる。

――回復魔法をゲットするべきです。

ピピも納得だ。

「今まで持ってなかったもんね。ラスト

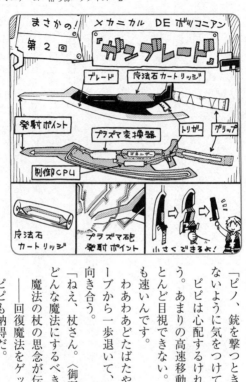

ダンジョンの一歩手前までヒーリング系の魔法を持たずに進んできたあたしたちって、無謀だったかもね」

遅くなっても反省するに越したことはない。

「そうすると、やっぱり〈全回復《フルケア》〉かな。それとも〈回復継続《リジェネ》〉かな」

――何を遠慮してるんですか。オールマイティな回復魔法にしましょう。

魔法の杖はがめつぃヤツでした。

――使用MPは1、HP・MP・SP全回復、状態異常クリア、全属性魔法ダメージ半減・物理攻撃ダメージ半減バリア。これでどうです？

持ってけ泥棒。

「すっごい魔法！　名称はどうしようか」

――〈二十四時間戦えますか〉

「そうね。決定！　伝説の長靴の魔法使いピピ、ここに魔法〈アルティメット・〇〇〉を習得しました」

〇〇のところには、お好みのドリンク剤の名称を入れてください。〇は二つですが字数に制限はありません。

「ピノ、アルティメットな回復魔法をかけてあげるよ」

ピピは魔法の杖を高々と掲げ、「〇〇！」と呪文《じゅもん》を唱えた。魔法を受けて、ピノの身体《からだ》がほのかに白く光るオーラに包まれる。

「やったわ！」

そこへ赤い閃光がしゅん！　と到着。張昭の姿に戻る。

「儂もそろそろ腰が痛いわい」

「じゃ、〇〇」

おや、この魔法はゲストキャラにも有効だ。張昭の身体もオーラに包まれる。

「むむ、痛みが消えて力が漲《みなぎ》ってくるぞ」

張昭はステージの隅のマシンに向かって呼びかけた。

「リクエスト、〈赤白モンスター〉じゃ！」

木人たちのほろぐらむが消え、入れ替わりにむくむくと赤白モンスターが登場。

「むふふふふ」

張昭は越後屋《えちごや》のような含み笑い。ステージ上のピノは大喜びだ。

「こいつ、今度こそオレがやっつけてやる」

「ピノ、あんたも新技を習得してるはずよ。試してみたら？」

あ、そうか。

「魯粛のおっさんをぶん殴ってゲットした技だよなあ」

本音を言うと、ピノはちょっと残念なのだ。張昭のオジキを殴ってたら、〈赤い閃光〉の技を習得できただろうに。魯粛の技ってどんなだろう?

「ふう、やっと着いたわい」

当の魯粛が船でステージに到着。

「嬢ちゃん、首尾はいかがですろう」

「ピノがこれから、魯粛さんの技で赤白モンスターと戦うところよ」

「はて、ワシの技なあ」

本人も首をひねっている。

「どんな技じゃろう。ワシも若いころは武侠《ぶきょう》で鳴らしたもんじゃったけんど」

三人で見守るうちに、ピノは赤白モンスターの長いベロと二、三度打ち合い、パッと離れて睨《にら》み合う。

「よし、オレのガンブレード、魯粛の技を発動だ!」

と、ピノの背後にぬうっと巨大な手が出現してきた。ピピと張昭と魯粛は反《そ》っくり返って仰ぎ見る。

「ありゃ、ワシの手じゃ」

その手が、赤白モンスターに襲いかかりながら大音声《だいおんじょう》で宣言する。

〈お片付け〉

ベチン! 赤白モンスターはダウン。

「わあ、凄《すご》い」

「魯粛らしいのう」

ゼネラリストの魯粛は、何でも仕切って片付けてしまうのだ。

〈お片付け〉

続いて、ダウンした赤白モンスターの首をつかんで持ち上げて、ピノの前にぶら下げる。「なるほど、拘束魔法にもなるんだな。これ、使える！」

ピノは勇んで斬《き》りかかり、赤白モンスターのしっぽを切り落とす。

〈お片付け〉

魯粛の手が赤白モンスターを折ってたたんで裏返し。ほろぐらむのＨＰが尽きたのか、モンスターは消えてしまった。と、すぐ新手がもう一体出現する。

〈お片付け〉

魯粛の巨大な手がモンスターを捕まえる。

「よし、そのままそのまま」

ピノはガンブレードを構えて狙《ねら》いを定める。「プラズマ砲、発射！」

ガンブレードの先端から、目も眩《くら》むような光の帯が迸《ほとばし》った。

どかん！　どかん！

たった二発で、赤白モンスターのほろぐらむ、消失。ピノはガンブレードを腰に収める。魯粛のでっかい手も消えた。

ギャラリーの三人は拍手、拍手。

「なんかもう、無敵って感じね」

大喜びのピピに、張昭オジキは渋面《じゅうめん》をしてみせる。

「おなごよ、儂から得た魔法を試してみんでよいのか」

そうでした。召喚魔法ね。

「張昭様を殴ってゲットした魔法だから」

だいたい想像はつくけど。

「となると、模擬戦闘の相手はこいつに決まっちょりますなあ」

魯粛がマシンに近寄り、

「リクエスト、〈暴走ボッコちゃん〉」

ピノピの喉《のど》がごくり。こいつは本当に本当に強くって、あのときピノピはまったく歯が立たなかったものね。

じわんじわんじわん。頭部の黄色いライトをぎらぎらさせた暴走ボッコちゃんのほろぐらむが、3Dキューブのなかに出現する。その三本脚の動きが忌まわしい。

ピピは毅然《きぜん》としてキューブのなかに踏み込む。さあ、戦闘だ。魔法の杖を掲げる。

「出《い》でよ、赤い閃光！」

魔法の杖の先端が赤く輝き、そこから迸ったエネルギーが渦を巻きながら立ち上ってゆく。みるみるうちに形を成し、等身大の人の姿になってゆく。

「おお、張昭殿じゃ」

赤い衣に赤い冠、両眼には真っ赤に燃える炎を宿した張昭オジキの幻像《ファントム》だ。

幻だからか、郭嘉と同じように浮いている。移動もテレポートだ。パッと消えてはパッと現れる。

「オジキ、攻撃して！」

今さら描写するまでもない、容赦のない攻撃の数々。あの暴走ボッコちゃんが押しまくられて、その場から動くこともできない。

杖の先端の赤い輝きが、ピピに思念を伝えてきた。

——張昭を召喚しているあいだは、あなたも〈オジキ魔法〉を行使することができます。この赤い輝きが点滅し始めたら、召喚切れが間近だということです。

「了解、わかったわ」

——では、オジキの怒りが生み出す魔法の力を存分にお楽しみください。

よし、ともかく何か唱えてみよう。

「文官の怒り、雨あられ！」

３Ｄキューブのなかに、火山弾の交じった燃える雨が降り注ぐ。

「怒りの文官のお叱《しか》り！」

キューブの天井に黒雲が湧き出し、不穏な轟《とどろ》きが響いて雷光が閃《ひらめ》き、落雷が始まる。

〈お叱り〉だから、雷を落とすんですね。

「怒りの文官のゲンコツ！」

黒雲が収縮し、巨大な拳《こぶし》になった。岩のようなゲンコツだ。暴走ボッコちゃんに殴りかかる。

魔法の杖の先端の赤い輝きが点滅を始めた。

「オジキ、攻撃終了よ」

張昭の幻像が引っ込み、ピピが杖を下げる。暴走ボッコちゃんは全壊状態で、スクラップの山と化して消えてゆく。ほろぐらむとはいえ痛々しい眺めだ。

「さすがは儂じゃ」

張昭、大満足。

ちょうどそこへ、グッドタイミングというか、ご都合主義の極みですが、

〈GET SET〉

「あ、お呼びがかかったわ」

「オレら、行かなくちゃ」

ピノピは慌ただしく張昭・魯粛と握手を交わした。

「お二人とも達者でな」

「おなごよ、そなたには儂の魔法がついとるから無敵じゃが、悪い男には用心せい」

ピピにはその忠告、まだちょっと早いかな。

「うん、オジキ、オレがよく気をつけておくよ。ピピ姉《ねえ》はイケメンに弱いから」

〈READY?〉

「また遊びにきます」

「いつでもおいで」

「模擬戦闘のバージョンをアップしておくからの」

「団子と〈あんまん〉もよろしく」

「わかったわかった」

〈GO!〉

ぴゅううううう～

『ソウル・サクリファイス デルタ』のプレイヤーの皆さん、〈要請録〉のミッションには誰を同行させていますか？

あ、ピノピは落下中ですので、恒例の『ソルサク』話です。

作者はねえ、マーリンはもう固定で同行者にしてるんですよ。彼と行動を共にするのはストーリーにも合ってるし、何より強いしイケメンだしボイスも好《い》いし♪　作者は〈均等の腕〉なので、〈魔の腕V〉は頼もしい。

時間制限のあるミッションのときは、もう一人はモルドレッド、そうじゃないときは安全策でエレインを選んでいます。〈均等の腕〉志向だとアヴァロンは合わないので、所属はグリムに変えました。まだまだシンデレラさんとの戦いは遠いですが、こつこつ頑張って魔法使いの使命を果たしております。

「文献」で読める、個々の魔物の誕生事情が面白く、短編小説みたいなので驚きです。バトル中にも魔物の叫びが字幕で表示されますけど、読んでいるヒマがない。「文献」でまとめて読むと感情移入が募り、つい救済しちゃうようになりました。

でも、人間の姿に戻った途端に、

――俺を殺したら後悔するぞ。

――助けてくれ、まだ楽しみたいんだ。

とか言うヤツは、迷わず生贄《いけにえ》だけどな。

ぴゅうううう〜

「オレ思うんだけど、うちの作者、『ソルサク』のことを書きたくて、このミニゲームを作ってねえか？」

いいじゃない、固いこと言わないで。

「昨日も、マーリンと戦いたくないわぁ、とかデレデレしてたからね」

いつか戦わずばならぬ筋書きなんだけどね。でも君たち、伝説の大魔法使いマーリンの名前を覚えておいて損はないよ。

どすん！

次の場所に到着したようです。

着いたところは、三角錐頭《さんかくすい》のクリーチャー集団のど真ん中だった。

「ぎゃぁぁぁああ！」

ピノピ、派手な悲鳴をあげますが、もう逃げない。逃げる必要はない。素早くガンブレードと魔法の杖を構える。

「プラズマ砲、充塡《じゅうてん》！」

「オジキ、出てきてぇ！」

「待った待った、ちょっと待ったぁ！」

三角錐頭の頭巾《ずきん》を脱ぎ捨て、現れたのは「ほらホラ Horror」のあの市だか町だか村だかの警察署長だ。ニッカボッカの消防団の団長もいる。その他の大勢《エキストラ》は市民だか町民だか村民たちだ。

「我々だよ！　落ち着いて落ち着いて」

ホッとして武装解除のピノピ。ホントのところ、安堵《あんど》に胸をなで下ろすべきは署長さんたちの方ですが。

「今さら頭巾かぶって、何やってンだよ」

「これにはちゃんとした理由があってな」

ピピはまわりを見回してみた。途端にびっくりだ。すぐ目の前に、あの研究所があるではないか。そしてみんなが立っているのは、研究所の前庭というか、駐車場みたいな場所だ。端っこの方にいくつかテントが張ってある。

「あれ？　炊き出ししてる？」

いい匂《にお》いが漂ってきます。

「そうなんだ。ここで実験に参加しているボランティアのために、味噌《みそ》おにぎりと豚汁を作っているんだよ」

「どんな実験？」

「実はね――」

脱ぎ捨てた三角錐頭巾を広げて見せながら、署長さんが説明しようと口を開きかけたそのとき、ピノピを囲む人びとの輪の向こうから声が聞こえてきた。

「皆さん、第二回の実験結果は集計できましたか？」

どこかで聞き覚えのある声だ——と思ったら、香ばしい焼き味噌の香りを押しのけて、青臭《あおくさ》い匂いがぷんと鼻をついた。

「博士がお待ちかねですよ。集計が済んだらお昼ご飯にしてくださ——」

あの莢《さや》ニンゲン記者である。

「あ〜！」

てんでに叫び合い指を突きつけ合う二人と一体。

「あんた、こんなところで何してるの？」

「しかも正体丸出しじゃんか」

「わかった！　サンタ・マイラの次はここを侵略しようとしてるのね」

「ここは市だか町だか村だかはっきりしねえんだ。おまえらが占領して、スナップエンドウ畑にしようって魂胆だな！」

ピノはオカリナを取り出す。ピピは魔法の杖を掲げる。

「待って待って、待ってください」

もともと青い上にさらに真っ青になってへどもどする莢ニンゲン。驚いたことに、その青臭い身体を、警察署長と団長さんがかばおうとする。

「長靴の子供たち、こいつは悪いヤツじゃないんだよ」

「博士の助手をしとるんだ」

博士って誰？

「ルイセンコ博士か。おまえ、あんなマッドなおっさんを人質にとったって、むしろ後悔するぞ」

消防団の団長さんの背中に隠れて、莢ニンゲン記者は半泣きだ。「違います、違います。カイ・ロウ博士です」

シュレッダー腰ミノの？

「今ではすっかり元どおり、立派な科学者に戻っておられるんですよ」

ここでやっとピピが冷静さを取り戻した。

「そういえば、羊司書さんのお部屋から放り出される前に、博士が正気に戻ってたような気がする……」

ピノも思い出してきた。「確かに、しゃべってる内容はまっとうだった」

でも、発音がヘンでした。

「そう、ハ行の発音がおかしかったんだ。いつかのトリセツや、ボッコちゃんの初号機みたいに」

団長さんに借りた手ぬぐいで青臭い汗を拭《ふ》き拭き、莢ニンゲン記者はうなずく――というか、あの形状の身体ですから、全身を前にへこへこ傾けるわけですが、とにかく同意を示して、

「今では、その発音も直っています。とにかく博士に会いませんか」

「どこにいるの？」

「ここのB5に」

開発途中で放棄されたこの研究所に陣取って、博士は研究しているのだという。

「何を？」

「この頭巾の新たな活用方法を。既に実用化の目処《めど》がついたものもあって、先ほどはそれを皆さんに試してもらっていたのですよ」

茨ニンゲン記者の案内で、ピノピは再び、あの倒産研究所に足を踏み入れる。

茨ニンゲン記者は語る。「私は、回廊図書館の司書の部屋から放り出されて、気がついたらここへ落下していたのです」

で、すぐ傍《かたわ》らにはシュレッダー腰ミノ姿のカイ・ロウ博士がいて、中空から突然出現した奇天烈《きてれつ》な二体の〈落ち物〉に仰天している人びとに取り囲まれていたという次第。

「私、博士と同じ場所に落ちることができて幸運でした」

「あんた、博士を尊敬してるみたいね」

「はい！」

茨ニンゲン記者は、地球に潜入し、〈アクアテク・ジャーナル〉の記者にすり替わって暮らすうちに、カイ・ロウ博士の（過去の）業績を知り、強く興味を抱《いだ》いた。彼らから見れば宇宙の果てのこんな小さな惑星に、尊敬すべき大科学者がいる――

ところが、本人に会いに行ってみるとあのとおりだったわけで、

「この世界にとって大いなる損失だと、悲しく思いました……」

以来、何とかして元の博士に戻ってもらいたい、それにはどうすればいいのだろうと考え続けていたのだという。

「サンタ・マイラであんなバトルが始まる直前に、カイ・ロウ図書館で、おまえが博士に向かって何かごちゃごちゃしゃべってたのは、そのせいだったのかあ」

「はい。あのときは、博士の発表された論文や〈アクアテク・ジャーナル〉秘蔵の昔の写真や映像をお見せしていたのですが、その程度の刺激では、夫人を亡くした悲しみで閉ざされた博士の心をこじ開けることはできませんでした」

このエージェントタイプ莢ニンゲンは、雑誌記者にすり替わっていただけあって、語彙《ご い》が豊富である。

「それが、羊司書さんのお部屋でケロッと治っちゃったのよねえ」

「はい。私もあれには驚きました。もちろんとても嬉《うれ》しかったです。ここで博士の新しい研究のお手伝いができるのも、もう本当に光栄で幸せで」

エレベーターがB5に着いた。おや、床がきれいに掃除されているし、新しい機材がいくつか運び込まれて、コードで繋《つな》がれている。

思い出しながら、ピノは首をひねる。「あのとき博士は、暖炉の前でぐうぐう寝てたよなあ」

寝て起きたら正気に戻っていて、なおかつハ行の発音がおかしくなっていたのだ。

「トリセツと一緒に寝てたのよ」

「じゃ、あいつが治したのか？」

「まさか」

なんてことを言ってるうちに、〈債権者の皆様へ〉の張り紙があった実験室最奥部に到着。

「おや、ちびっ子たち」

白衣姿のカイ・ロウ博士が、何やら複雑そうな構造の計器の前で振り返った。

「君らも無事だったか。よかったよかった」

確かによかったけど、シュレッダー腰ミノの「うほほ〜い」博士に慣れてるピノピとしては、ちょっとくすぐったい。

「大丈夫かな。これ、また博士の偽者じゃないのかしら」

莢ニンゲン記者は慌てる。「とんでもない。正真正銘、本物の博士ですよ」

「あんたに言われてもねえ」

そのとき、博士の後ろで大柄なヒトがのっそりと身を起こし——

ヒトじゃない。怪物だ。頭にボルトをぶっさしたフランケンシュタインだ！

「ぎゃぁぁあああ！」

「待った待った、ちょっと待った！」

フランケンシュタインの姿は瞬時にかき消えて、現れたのは消防署長である。手にした頭巾をぶんぶん振って、

「私だよ。この頭巾でちょこっと変身してたんだ」

変身？

もともと背筋が反っくり返り気味の莢ニンゲン記者が、さらに「えへん」の姿勢になる。

「これこそが、博士が研究中の〈変身頭巾〉なのですよ」

あの三角錐頭巾をかぶる者を、三分間だけ望みの姿に変身させるのだという。無論、外見だけでなく能力もコピーして、怪物にでもウルトラマンにでも、自由自在に変身できちゃうのだ。

「ここに放置されていた機材と、残されていた研究データに、私のアイデアを加えた新発明だ」

カイ・ロウ博士は、見違えるばかりに知的なおじいさんになっている。

「ここではかつて、人の感情を本体から抽出し、実体化させる研究をしていたそうだね。

それを応用して、人の〈変身願望〉を取り出してこの頭巾に封入し、任意に発動できるようにしてみたわけさ」

「変身は私たちの得意技ですから」と、莢ニンゲン記者が言う。

「そうそう、彼の能力が発想のヒントになってね」

「私、実験の素材としてもいろいろお手伝いをさせていただきました」

青汁をいっぱい出して頑張りました。

「君たち、魔王と戦うそうだね」

博士の率直な問いかけに、ピノピはちょっと口ごもる。

「何となくそういう雲行きに……」

「作者はそうしたいみたいだけどね」

「あたしなんかさっき、〈ラストダンジョンの一歩手前〉なんて台詞《せりふ》を言わされちゃった」

「じゃ、これを持って行きなさい」

カイ・ロウ博士は気前よく、ピノピにひとつずつ頭巾をプレゼントしてくれた。

「使い方は簡単だ。これをかぶって、何になりたいか念じればいい。あらかじめ頭巾に書いておいてもいいよ」

消防署長が自分の頭巾を見せた。「ホラ、こんなふうに」

〈フランケンシュタイン博士の怪物〉と書いてある。

「署長さん、ハマープロの映画がお好きなんですか」

「私はボルトが好きなんだ」

そっちの趣味か。ピピが納得しているあいだに、ふと見るとピノが、消防署長さんにマジックペンを借りて、自分の頭巾に書いている。

〈ゴジラ〉

「やめなさい！」

生誕六十年おめでとうございます。

「書くなら〈円谷《つぶらや》英二《えいじ》のゴジラ〉とか、もっとちゃんと書かないと、ただの巨大イグアナになっちゃうわよ」

最新のハリウッド版になれるといいね。

「そういうことだから、私は当分、この研究所にいるよ。莢ニンゲン君のことは任せてくれたまえ」

「私、侵略なんかしませんから」

「うん、それはもうわかったわ」

ふと見ると、ピノがまた書いている。〈キングギドラ〉

「やめなさいってば！」

博士と莢ニンゲンが愉快そうに笑う。

「さあ、一緒に地上へ戻って昼飯にしよう。ここの炊き出しの味噌おにぎりは旨《うま》いんだよ」

みんなでエレベーターに向かって引き返す。ピピはカイ・ロウ博士の顔をしみじみと見上げた。

「博士、ここに来る前のこと覚えてますか」

博士はかぶりを振る。「自分ではほとんど何も思い出せない。これまでのことは、莢ニンゲン君に教えてもらったよ」

「そうですか……」

「ただ、ここに落ちてくる直前、私は莢ニンゲン君と一緒に、回廊図書館というところにいたそうだね」

「はい。司書さんの部屋で、図書館のなかに入ったわけじゃありませんけど」

「どちらにしろ、地上のほかの場所よりは、魔王に近い場所だろう？」

それは間違いない。

博士は丸い頭を傾《かし》げて考え込む。

「だからね、家内を亡くした悲しみで長いこと自我喪失状態というか、己を失っていた私が、こうして元に戻れたのは、そこで魔王の〈気〉を浴びたからではないかと思うんだ」

〈気〉とは、魔王の発するオーラというか、その存在が放つ波動というか、そんなもの。

「魔王はそれほど強力な存在だってことですか？」

「うむ」博士はうなずき、ちょっと目をしばたたいた。「普通なら、逆の事態の方がありそうなものだよね。正気の人間が、魔王の〈気〉を浴びておかしくなってしまう」

ピピもそう思う。

「しかし、実際には私は癒《い》えた。で、一緒にいた君たちは正気のままだ。だから――これはあくまでもまだ仮説だけれど」

魔王の放つ〈気〉のなかには、傷ついた心を癒やす力が秘められているのではないか？

「とりもなおさず、それは、今のボッコニアンの魔王自身が、何らかの出来事で傷ついて魔王になったからじゃないかと思うのだが、この仮説はちょっと飛躍のし過ぎかな」

博士は照れくさそうに笑い、莢ニンゲン記者あらため莢ニンゲン助手を連れて建物の外へ出て行く。博士お疲れさま～と声がかかる。

ピピは考えていた。

――博士はどうして、一時的にハ行の発音がおかしくなったのかしら。

そっちの方が気になるんだね。

一方ピノは。

「う〜、この匂い、たまんねえ」

食欲あるのみです。味噌おにぎりと豚汁。市民で町民で村民の炊き出しの人たちが手招きしている。

「早くおいで〜、うまうまだよ〜」

テントに向かって駆け出すピノ。頭巾を落っことしていった。ピピが拾い上げる。何か書きかけになっている。

〈バルタンせいじ〉

「やめてよね！」

その叫びにかぶって、鋭い警告音が。

〈EMERGENCY! EMERGENCY!〉

え？　つんのめるように立ち止まるピノ。

ピピの表情が引き締まる。

「ピノ、どうやらのんきなミニゲームは終わったみたいよ」

ピノは地団駄《じだんだ》を踏んで泣き顔だ。「味噌おにぎり食いたかったのにぃ」

ぴゅううううう〜！　今度は落下じゃなくて、急降下。

第9章
ためらいの迷宮

妙にまともな章タイトルをつけてしまった第9章ですが。

どすん！

着いたところはアクアテク。あの再開発特区を取り囲む巨大なフェンスの真ん前だ。ピノピの目と鼻の先に、〈立入禁止〉の大看板がある。

が、ちょっと様子がおかしいぞ。

「何なの、この大騒ぎ」

アクアテク中の消防車とパトカーと、ありとあらゆる業種の緊急車両が出動していて、フェンスの周囲をぎっちりと埋め尽くしている。黄色いテープで規制線が張られ、制服警官たちが声を張り上げて、詰めかけた野次馬を押し返そうとしている。

ピノピはとっさに、近くに駐《と》めてあったパトカーのなかに飛び込んだ。ドアが開けっ放しになっており、誰もいない。無線がうるさく鳴っているけれど、雑音がひどくてよく聞き取れない。

「このフェンスの向こう側で、何かしら緊急事態が発生してるんだな」

EMERGENCY!

「怪物が現れたんなら、あたしたちに任せてくれればいいのにね」

新しくゲットした技と魔法を実戦で使ってみたくてしょうがないピノピ。不敵な笑みを浮かべたりしております。

そのとき、騒々しい野次馬たちが、いちだんと大きくどよめいた。

「あれは何だ？」

「か、怪物だよ！」

ピノピがパトカーの窓から外を覗《のぞ》くと、再開発特区を取り巻いている群衆の後ろから、ゆっくり、ゆっくり、巨大なものがこちらへ歩みよってくる。

あれは——

「トライポッドだ！」

「あんた、いい加減にそこから離れたら？」

歩み寄ってくる巨大なそれは、確かにトライポッドに似ている。金属製のチューブがしなる三本脚。爪先立《つまさきだ》ちの優雅な歩行。

だが、頭部の形状がまったく異なる。〈あんまん〉みたいな親しみやすい球形で、正面に設置されたライトと窓の部分がちょうど目鼻に見えて、ちょっぴり愛嬌《あいきょう》がある。

「ボッコちゃんだよ！」

はい、新生ボッコちゃんです。警官たちが野次馬を交通整理して、このデカぶつのために道を開けてます。

「はい、ちょっと後ろに下がってください。危ないですからね。はい、ご協力よろしく」

国際観光都市アクアテクのお巡りさんたちはフレンドリーです。

ピノピはパトカーから飛び出し、手を振りながら新生ボッコちゃんに呼びかけた。

「ボッコちゃ〜ん」

「博士、ルイセンコ博士ぇ！」

すると新生ボッコちゃんの歩みが止まり、操縦席のある頭部から、拡声器を通して、聞き慣れた声が呼びかけてきた。

「ピノさん？　ピピさん？　お二人とも無事だったんですね！」

何と、ポーレ君の声だ。

「ポーレ君も無事だったのね。アクアテクに帰ってたの？」

「おまえ、（オレたちを差し置いて）そんなとこで何やってんだよ？」

新生ボッコちゃんの頭部のハッチがぱっかんと開き、ポーレ君が顔を出す。（）内にくったピノの心の声を察しているのか、

「僕だけ先に乗り込んじゃってすみません。でも、出動まで時間がなかったし、お二人の行方がわからなかったもんだから」

「いいから、早く乗せてくれよ！」

「はい、どうぞ。お巡りさん、この二人は僕たちの仲間です」

感心したように見守る警官たちと野次馬の眼前で、新生ボッコちゃんの脚につかまり、ピノピも頭部ハッチからさっさと乗り込む。

「おお、お帰り」

操縦席のルイセンコ博士は、ピノピがちょっとお使いにでも行ってたみたいな感じだ。

「ねえ、いったいどうしたの？　再開発特区で何が起きてるの？」

「ここから眺めてごらん。説明不要、一目瞭然《いちもくりょうぜん》じゃ」

新生ボッコちゃんは再開発特区を囲む巨大フェンスの前で停止。ビルの三階ぐらいの高さにある操縦席に陣取ったピノピの視界は、ぱあっと広がった。

でも、真っ暗だ。

見おろすフェンスの内側には暗黒が満ちている。まるで、再開発特区いっぱいに、底知れぬ大穴が開いているみたいである。

「――博士、これはいったい」

「ブラックホールだよ」

ポーレ君もうなずく。「今朝《けさ》、アクアテクのこの場所に、いきなり重力の特異点が出現したんです」

そういえば、さっきからピピのツインテールが前の方に引っ張られている。ピノの髪の毛も逆立って、

「前方へ引き寄せられるような感じがするけど、これもブラックホールのせいなのか？」

「はい。すべてのものを吸い込む暗黒、それがブラックホールですから」

そんな簡単なものだったかしら。

「博士、これからどうするの？」

「決まっとるさ。内部を探索する」

新生ボッコちゃんなら、ブラックホールの中に入っても大丈夫だ、と言う。

「ホントかぁ？」

「昔の映画じゃ大丈夫なことになっとった」

名優マクシミリアン・シェルが大真面目《おおまじめ》にマッドな科学者を演じていた、某トンデモ映画でございます。

「ポーレ君も一緒に行くの？　ママ、いいって言ってた？」

「どさくさにまぎれて内緒で出てきちゃいました」

ぎぎぎぎぎ。ブラックホールの力に引かれて、新生ボッコちゃんの機体もちょっと前のめり。かすかに軋《きし》む。

「平気だよ、ピピ姉《ねえ》」

ガンブレードを撫《な》でつつほくそえんで、ピノは言い放つ。

「どうせボツのブラックホールだ。本物じゃねえんだからさ」

「というより、これは魔王の怒りがつくりあげたブラックホールだと思うんですけど」

と、首を縮めるポーレ君。

「魔王の怒り？」

「はい。お二人は、司書の部屋から放り出されるとき、魔王の怒りの声を聞きませんでしたか？」

——合鍵《あいかぎ》なんてインチキしやがってぇ！

ピノピは顔を見合わせた。

「上等じゃねえか」

「とうとう対決のときが来たのね」

「奮《ふる》い立つのはけっこうですが、お二人とも、もう一度よく見てください」

ポーレ君は大真面目だ。

「魔王はカンカンですよ。だってほら、このブラックホールの輪郭——」

言われてよくよく見直せば、フェンスの内側に満ちている暗黒には、ちゃんと形があるのだ。でこぼこがある、歪《ゆが》んだ円形。この形、どこかで見覚えがあるような。

「拳《こぶし》の形じゃ」と、ルイセンコ博士が言った。「ゲンコツの形じゃよ」

怒りの鉄拳《てっけん》、現実をぶち抜いてブラックホールを形成。

ぎぎぎぎぎ。新生ボッコちゃんが大きく前のめりになり、博士が足元のペダルを踏み込んだ。

「ま、詳しいことは行ってみりゃわかるだろう」

一同、暗黒のなかへとジャンプ・イン。


そこは、無数の星々がきらめく広大な宇宙空間であった。

嘘《うそ》くせぇ。

「ブラックホールを通り抜けて、別の宇宙に到達したってこと？」

「いいじゃん、いいじゃん。そんなこと、まだやってみたヒトはいないんだから、何でもありだよ」

ピノピは言い合い、ルイセンコ博士は鼻歌まじりで新生ボッコちゃんを操縦する。機体の姿勢は安定し、ぎぎぎぎぎという異音も聞こえなくなった。

ポーレ君は窓の外とレーダーの表示を忙《せわ》しく見比べている。

「ちゃんとレーダーに映ってる。ってことは、僕の目の錯覚じゃないんだ」

「一人で何をぶつぶつ言ってるの？」

「ピピさん、二時の方向を見てください」

「どこにも虹なんか出てないけど」

「あれです、あれ」

ポーレ君が指さす先には、ちょうどピピの頭くらいの大きさに見える、銀色に光るドーナツがひとつ。分厚くて太っちょのドーナツだ。

「宇宙ステーションです」と、ポーレ君は言った。「あるいは宇宙コロニーかもしれません」

どっちにしろ、ピノピは「ぽかん」だ。

「ワシらは、どうやらあのステーションの放つ牽引《けんいん》ビームに捕まったらしいぞ」

「この距離で？　超強力なビームですね」

話を早く進めるためです。

新生ボッコちゃんは、二時の方向にある銀色のドーナツに引き寄せられてゆく。操縦席の窓の向こうで、太っちょドーナツがどんどんアップになってくる。

「博士、ボッコちゃんの機能に異常はありません」

「うむ。ビームの誘導に任せておけば、姿勢制御の必要もないようだ」

近づいてみると、銀色の太っちょドーナツの輪の外側には、無数の太陽光パネルを並べた羽根のようなものが整列している。

「大きいなあ……」と、ポーレ君はため息。「やっぱりコロニーかな。実験用や探査用の施設なら、これほどの規模は必要ないでしょうから」

「うん、コロニーね」

やけにきっぱり、ピピが同意する。

「なぜわかるんですか」

「だって書いてあるもの」

ドーナツの横っ腹に、〈宇宙コロニー　コストロモ〉と大書されているのだ。これがまた「相田みつを」みたいな味のある字体でして、おかげでコロニーの眺め全体が絵手紙みたいにほんわかしている。

ついでに（小声で）言うなら、誰が書いても同じようになっちゃう絵手紙的に、ちょっとばかり胡散臭《うさんくさ》い。

「コ、コ、コストロモ？」

「コストのかかってないノストロモ号ですって、自己申告してるんじゃないの」

『エイリアン』の宇宙貨物船ノストロモ号の模型って、当初はボディを黄色くペイントされていたんだそうですよ。

　作者のマメ知識など無視して、ピノは逸《はや》る。「どうでもいいから、早くあそこへ着陸しようぜ」

「ポーレ君、どこかに発着デッキがあるはずだ。構造スキャンで探してくれ」

「了解しました！」

　そんな機能を使う必要などなく、今度もピピが目視《もくし》で、コロニーの（こっちから見て）右端に、これまた相田みつを風の字で〈外来者用発着デッキ〉と表示されているのを見つけた。

　新生ボッコちゃんの機体に軽い衝撃がきた。牽引ビームが外れたのだ。

「ここはもう、コロニーを包む防御シールドの内側のようだ」

　外来者用発着デッキに赤い誘導ランプが点滅している。博士は新生ボッコちゃんをタコ泳ぎさせて近づいてゆく。

「ンな段取りはどうでもいいから、早く着陸しろよ」

はい、デッキの入口に接近して新生ボッコちゃんの脚の先端のマニピュレーターでエアロックを開けました。内部に入りました。新生ボッコちゃんは着陸、またマニピュレーターでエアロックを閉めました。はい、空気がいっぱい。

こういうのを〈簡略な描写〉と言います。

勇んで新生ボッコちゃんの脚を滑り降りるピピとピノ。博士とポーレ君はちゃんと内蔵リフトで降下する。

「君ら、まるで意に介してないようだが、ちゃんと両脚で立てるということは、この内部には重力が存在するということだぞ」

白衣のしわをなでつけながら、博士はあたりを見回している。エアロックは格納庫のような広さで、壁の一面にびっしりと操作盤やモニターが並んでいる。

「ワシはあれで内部のチェックをしてみる。君らは——」

「乗り込む！」

「ンじゃあ、気密ドアを開けるからちょっと待っとれ」

待つこと十秒。ポーレ君は足踏みして、感触を確かめている。

「ここには重力発生装置が設置されてるんだなあ。凄《すご》いなあ、見たいなあ」

ぷしゅう。エアロックのうんと奥で、ごく普通サイズのドアが、一応はSFものらしく、パーツが上下に分かれる形で開いた。

「よし、突入だ！」

外の通路へと、一歩踏み出すピノピとポーレ君。

「ところで博士、わたしたちどうやって連絡を取り合えばいいかしらぁ～」

ピピの発言を記した文字がだんだん小さくなってゆくのは、誤植ではありません。博士に呼びかけるピピの声が小さくなってゆくのでもありません。

これは単純な距離感の問題。ピノピとポーレ君、右に進むか左に進むか選ぶ間もなく、どんどんエアロックの内扉から遠ざかってゆく。

「え？　これどういうことです？」

通路はチューブ状で、明るい蛍光灯のような光に照らされている。壁には緩衝材（そしておそらくは断熱材）が張られていて、ちょこっと凹凸がある。チューブの内側の壁に沿って、さっき通ったのと同じタイプのドアが並んでいる。ひとつ、ふたつ、みっつ。

三人はだんだんスピードを上げながら、その前を通過してゆく。

「あたしたち、勝手に移動してる！」

「これ、動く歩道なのかよ？」

「いいえ、僕らだけが押し流されてるみたいですよ」

いきなり博士と離ればなれになってはいけない。もとの場所に戻ろうとすると、強い風に押し戻されるみたいだ。ぜんぜん、前に進めない。

「後ろを向けば、前に進んでることになるじゃんか」

「それじゃ意味が違うでしょ」

チューブ状の通路を押し流されながら、さらにいくつかのドアの前を通過。チューブの分かれ道も発見した。こっちもひとつじゃない。奥の方でまた枝分かれしている。

「どうやったら止まるの？」

「ピピ姉、踏ん張れ！」

「そんな、僕らの力じゃ無理ですよ！」

また分かれ道。その先にはエレベーターや階段がある。このコロニーの内部は複数の階層に分かれているらしい。

「あ、行き止まりだ！」

見えない流れに押し流される三人の背後に（後ろ向きになれば前方に）、壁とドアが出現した。

「ぶつかっちゃう」

と思った瞬間に、ドアが上下にぷしゅうと開いた。三人はそのなかに転がり込む。

「あ！」

人がいた！　素材はメタリックだけど、デザインはありふれたシャツやパンツやワンピースを着た男女が五、六名、オフィスの機材みたいなものの陰から半身を覗かせ、ピノピたちと同じくらいビックリしている。

「君たち、どこから」

「皆さん、ここの人？」

「あなたたち救助隊？」

「僕ら、何か気流みたいなものに押し流されちゃって止まれないんですけど」

質問ばかりが入り乱れる。メタリックなシャツ姿の男性が手を伸ばし、

「摑《つか》まれ！」

ピピがその手を摑もうとしたとき、頭上でばりばりと音がした。軽い樹脂素材の天井板の破片が降ってくる。

そして、何か凶悪に黒光りしてグロくて等身大のものが出現。

「ぎゃ〜！　エイリアン！」

正しくは、もちろんエイリアンの出来損ないです。どうしてボツになったのかは見え見え。だって、口から細長い第二の顎《あご》みたいなものが出っぱなしだ。最初からアゴ出して、涎《よだれ》をだらだら垂らしているから、へばってるみたいに見えるエイリアン。

一体じゃない。何体もいる。そして一応、室内の人たちに襲いかかるから生意気だ。

「みんな伏せろ〜！」

ピノはガンブレードを抜き放ち、ボツエイリアンに向かって乱射する。ピピは魔法の杖《つえ》を構えてわらわらたちを召喚。

「わらわら、ボツエイリアンを捕獲！」

「それはいいけど僕らやっぱり流されていきますううううう〜」

この章は作者も手間だけど、文字をレイアウトする編集部も大変だぞ。

なんて言ってるうちに反対側のドアが開いて、ピノピとポーレ君は強制的に外の通路に押し出されてしまった。ボツエイリアンの金属的な怒声と人びとの悲鳴が混じり合い、遠ざかってゆく。

再び、チューブのなかを強制的に押し流されてゆく三人。

「あの人たち、助けられなかった——」

ピピは顔を強張《こわば》らせ、魔法の杖を握りしめてわなないている。

「いったいぜんたいどうなってんだよ」

「ともかく、どこかで止まらないと何もできませんね。ピピさん、わらわらの捕獲ネットを使えませんか」

というわけで、次に見つけた階段の手すりにわらわらネットを引っかけ、

「手をつないで。離しちゃ駄目よ」

見えない流れに逆らいながら、やっと階段にたどり着き、よじのぼった三人。どうやら階段では静止していることができるようで、ひと息つきました。

「博士のいるエアロックに戻らなくちゃ」

「場所がわかんねえよ」

このコロニー、内部は意外と複雑な造りになっているらしい。太っちょドーナツの内側を巡るチューブを一周しても、すんなりもとの場所に戻れるとは思えない。

あいにく、この階段のまわりには、施設内の案内図は見当たらない。ただ階下が「1F」で階上が「2F」だという表示があるだけだ。

「やっぱり、もう少し慎重に行動するべきでしたね」

「今さらそんなこと言ったってしょうがないでしょ」

吐き捨てて、ピピは猛然とリュックのなかを引っかき回し始めた。

「あった！」

取り出したのは、〈教えて裴松之《はいしょうし》先生チケット〉。これが三枚目です。

「裴松之先生、ヘルプ・ミー」

チケットを掲げて呪文《じゆもん》（？）を唱えるピピに、ポーレ君はこそっと訂正。

「この状況では、ヘルプ・アスです」

ピノはぼそっと「オレ、腹減ってきた」

味噌《みそ》おにぎりを包んでもらってくればよかったなあ。

〈ロン!〉

また麻雀《マージャン》に興じているらしい裴松之先生のお声であります。

「よかった! 先生、わたしたち困ってるんです」

〈おお、ちびっ子戦士たちか。ちょっとお待ち。これこれ羅貫中《らかんちゅう》、そなたフリテンしておらんか〉

〈は? 私じゃありませんよ。これはトリセツ殿の牌《パイ》です〉

ピノ、一瞬逆上。「トリセツもまた麻雀やってんのかよ!」

「裴松之センセ〜イ」

ピピがすがるような声を出し、じゃらじゃらと音がして、裴松之先生のもったいぶった咳払《せきばら》いが響いた。

〈えへん。ちびっ子たち、どうしたね?〉

ほっとして、ピピはため息。

「先生、教えてください。ここ、どんなシステムになってるんでしょうか。プレイヤー・キャラが勝手に移動させられてしまうゲームなんてあり得ませんよね? バグかしら。それとも故障ですか?」

〈その現象は、この場を形成しておるボッゲームの設定の一部であってな〉

「あ〜！」ポーレ君が叫ぶ。「裴松之先生の声が流されていっちゃいますよ！」

どんどん流されて遠ざかり、聞きとれなくなってしまう。

〈コロニー内の重力発生装置に異常が〜〉

「行っちゃったわ」

「行っちゃいましたね」

「オレ、何か食いたい」

ピノのお腹《なか》がぐるぐるきゅうと鳴る。

「いいじゃんか、また押し流されてみようよ。しっかり目を見開いて観察してれば、だんだん施設内の様子がわかってくるだろうし」

ポーレ君が割り込んで続ける。「また人がいて、ここの現状を訊《き》くことができるかもしれない」

ピノは自分の言いたかったことを続ける。

「食べ物がある場所にたどり着けるかもしれないだろ？」

「そうね。じっとしてたら永遠にこのまんまだもんね」

「ちょっとお待ちください」ポーレ君はメモ帳とペンを取り出した。「可能な限り、これでマップを描いてみます」

「タブレットとか持ってないの？」

ポーレ君の眉《まゆ》がきりりとする。

「ピピさん、ダンジョン攻略はマッピングに始まってマッピングに終わる。原始的に見えても、これがいちばん有効なんです」

ピノが久々におきまりの台詞《せりふ》を吐いた。「オレ、根本的な疑問があるんだけど」

ここは迷宮《ダンジョン》なのか？

「宇宙コロニーは立派なダンジョンですよ。いくつもの名作ゲームの舞台になっています。さあ、僕らも攻略しましょう！」

これまでの経験で、ピノピよりも戦士らしく成長したポーレ君です。

「ンで、敵はあのボツなエイリアンかあ」

ピピの回復魔法〈アルティメット・〇〇〉の〇〇に該当《がいとう》する各種ドリンク剤を必要としているように見えるエイリアンたち。今回、なぜ敵キャラがそんな設定になっているのか？

作者が夏バテしているからです。

「ふん、『ソルサク』ばっかやってて、仕事なんかしてないくせに」

そういえば『ソルサク』にも、流砂や強風のせいでキャラが強制的に移動させられてしまうステージがありますよ。

「ふと魔がさして〈マーリンに挑む〉にトライしてみたらあっさり勝てちゃって、作者、気が鬱《ふさ》いでるらしいわよ」

そうなんです。ボコボコにしちゃって、ごめんね、マーリン。

「ともかく、行きましょう」

気を取り直して探索に出発する三人。作者も鰻《うなぎ》でも食べて元気つけて仕事しようっと――

第９章
ためらいの迷宮・２

ピノが吼《ほ》える。「プラズマ砲連射！」

ピピが叫ぶ。「文官の怒り、雨あられ！」

降り注ぐ火の雨をかいくぐり、宇宙コロニーの狭い通路や室内を縦横無尽に飛び回って大暴れする〈赤い閃光《せんこう》〉。

「熱属性攻撃を多用しないでください！　マップが燃えちゃいます！」

ポーレ君の悲鳴までもすっぱり断ち切る、ピノの鮮やかなガンブレードさばき。

前節以来、迷路のような〈コストロモ〉内を押し流されながら、ずっとバトルしているピノピたち。敵はもちろん、倒しても倒してもうようよと湧《わ》いて出る、最初からアゴ出してへばってるみたいなあのボツエイリアン（以下へバリアンと呼びます）の群れ。

「キリがないわよ」

「文句言ってるヒマがあるなら戦え！」

ピピが究極のがめつい回復魔法〈アルティメット・○○〉を習得しておいたので、M

PもSPも切れる心配がないからいいものの、いささか疲れてお腹《なか》が減ってきちゃった。

「『タクティクスオウガ』の城攻めだって、城門前・城前庭・城内と3マップ連続クリアすればセーブできたのに」

「ちょっと休みたいよう」

「――僕、目が回りそうです」

実は、三人がしんどくなってきちゃった理由はもうひとつある。コロニー内の通路は複雑に枝分かれしているし、部屋数もたくさんあるもんだから、ピノピたちが押し流されてゆくと、

「きゃ〜、助けて！」

「怖いよう〜」

「何だこの怪物は？　ぎゃあぁ〜！」

いっぺんに複数の場所からSOSが聞こえてくる。でも、何せ一方的に押し流されるばっかりのピノピたちですから、一度に全部のSOS発生地点に駆けつけることはできません。その都度その都度、うまい具合に（そしていいタイミングで）押し流されて行く先にいる人たちを助けるしかないんです。

ということはつまり、見かけはへぼいけど中身はばっちりあのエイリアンと同じ殺戮《さつりく》生命体のヘバリアンたちに襲撃され、恐怖の叫びをあげる人びとを見殺しにしなければ

ならない場合が多々あるわけです。たとえば左右に枝分かれした通路の両方で襲撃が発生しているとき、右方向へ流されていたら、左方向へは行くことができない。目と鼻の先で阿鼻叫喚《あびきょうかん》の事態が起きているのに、救助することができない。よしんば、流れ流されて、一度は見殺しにしなければならなかったポイントへ運良く戻ってくることができても、そのときにはもう手遅れ。

こいつはマジでヘビーだぞ。

「もう……耐えらンない」

何度目かの休憩タイムでわらわらネットにつかまりながら、ピピなんか涙目になっちゃっている。

ピノも息が切れている。「ポーレ、マップはどのくらい描けた?」

「半分弱というところです」

「けっこう移動したんだな」

別の階層ではこのへんてこな押し流され現象が発生してないんじゃないかと期待して、階段を上がってみたけれど、どこでも状況は変わらない。

〈コストロモ〉は五階建て、五層構造になっている。どこか特定のポイントを通過すると流れが逆方向になるんじゃないかと期待してもこれまた無駄で、じゃあせめて食堂とか食糧庫はないかと探しつつ押し流されているのが現状であります。

ため息をついて、ポーレ君はピノピに言った。「ここ、非常に残酷な仕掛けになってますね」

「どういう意味さ」

「このコロニー内部に流れているおかしな気流のせいで、お二人は常に、救出対象のＮＰＣ《ノン・プレイヤー・キャラクター》を選択するよう迫られているんです」

右を助け、左を見殺しにするか。右に目をつぶり、左を優先するか。

「――腹立つなあ」

「何とかしないと、心理的に参っちゃいますよ」

「あたし、もう充分に参ってる」

ぐすんぐすん。

「裴松之《はいしょうし》先生チケットは使えませんか」

「さっきのがラスト一枚だったの」

「どっちにしろ、召喚したって裴松之のじいさんもまた流されちゃうだけだろ」

大きく深呼吸して、ピノは気を取り直した。「ともかく進もう――ていうか、また流されてみよう。エアロックに戻れれば、ルイセンコ博士の知恵を借りられる」

「悔しいけど、今はそれしかありませんね」

というわけでまた流されつつバトル、バトル。その最中にひょいと、すれ違いに聞こえてきた声がある。

〈コロニー内の重力発生装置に異常がぁ〜〉

「裴松之先生だわ！」

先生のお声もずうっと流されて、コロニー内を周回していると思われます。

「そうか、重力発生装置が原因なのか」

ポーレ君ははたと膝《ひざ》を打つ。

「お二人とも、機関室を探してください。そう表示が出ていなくても、扉の形状が居室や事務室とは違っているはずです」

「探してもいいけど、うまくそこへ流されるかどうかは」

「わからなくても探すんです！」

漢《おとこ》らしいぞ、ポーレ君。

「ともかくいったん止まりましょう。おいで、わらわらネット」

今度は階段ではなく、円形のホールみたいな場所の中央にある、立派な台座に乗っかったオブジェにネットをからませて停止。

ぜいぜい、はあはあしていると、ポーレ君が声をあげた。「おや、これ〈コストロモ〉ですよ」

台座の上のオブジェは、〈コストロモ〉の模型だったのである。スケルトンなので、内部構造がひと目でわかる。

「よかった！」

ポーレ君は大喜び、手描きのマップと模型を見比べている。

「僕らは今、二層の北北西部分にある〈憩《いこ》いのホール〉にいるようです。一層東南東部のエアロックは反対側ですね」

押し流されながらバトルバトルの連続で、合間に階段を上がったり下りたりしてたから、わけわかんなくなってました。

そのときである。どこからか聞き覚えのある声が響いてきた。

「あ〜、あ〜、テストテスト、マイクテスト。本日は晴天なり」

「ルイセンコ博士！」

コロニー内部の放送設備を通して呼びかけているらしい。

「ちびっ子たち、聞こえるか？」

「聞こえるよ！」

スピーカーは近くにあるようだが、双方向通信機器の類《たぐい》は見当たらない。大声で叫んでも、残念ながら博士の耳には届かない。

「ワシの声がわかるか？」

「わかってるよ！」

「わったし〜は〜♪　科学者ぁ〜♪」

歌わなくてよろしい。

「君ら、今どこにいる？　まあどこにいるにしても聞いてくれ。ボッコちゃんの人工頭脳を繋《つな》げてここのホストコンピュータのシステム探査をしてみたら、重力発生装置が暴走していることが判明した。今このコロニー内部では、下方向だけでなく、横方向にも重力が生じてしまっておる状態じゃ」

要するに、ピノピとポーレ君はへんてこな気流なんかに押し流されているのではなく、横方向にずうっと自由落下していたんです。

三人は大声で応じる。「それ、体験中だから知ってる〜！」

「一度主電源を切ってから全システムを再起動すれば、重力発生装置も正常化することができる。これから実行するぞ」

「すぐやって〜！」

「システム復旧には六十秒かかる。そのあいだは真っ暗になり、無重力状態になるが慌てるなよ。安全な姿勢をとって灯《あか》りが点《つ》くのを待て。いいな？」

「了解しました〜！」

「よし、カウントダウンじゃ。主電源オフ二十秒前――」

「いいから早くやって！」

「ちょっと待って、ピノピさん」

　頭上を仰いでポーレ君が青くなった。

「ここ、場所が悪いです」

〈憩いのホール〉の天井は、五層まで吹き抜けになっている。

　ピノはきょとん。「何が悪いんだ？」

　カウントダウンは続く。「十六、十五、十四」

「主電源が切れて無重力状態になったら、僕ら五層の天井まで浮き上がっちゃいます」

「楽しそうじゃん♪」

「でも、電源が戻って重力発生装置が正常に作動したら、今度は真っ逆さまに墜落しちゃいますよ！」

　カウントダウンは続く。「十一、十、九」

「博士ちょっと待て！」

　何を叫んでも聞こえてないはずなのに、博士の声は無情に響く。「主電源切断の停止はできなくなりました」

「自爆装置みたいなこと言うな！」

「落ち着いてよピノ、わらわらネットを引っ込めて、また通路へ流されればいいの。それならここの通路の天井まで浮き上がるだけで済むでしょ」

ところが、である。

〈アルティメット・○○〉のおかげで魔法が使い放題になったピピだけれど、使役魔法で呼び出されるわらわらたちは、生きものである。ネットになって、横方向の重力に逆らい、三人を一ヵ所に留《とど》める作業を何度も何度も続けてきて、ヘバリアンみたいに疲れていた。へろへろである。

「わらわら、どうしたの？　引っ込んで」

わらわらたち、可哀相《かわいそう》にグロッキーで体力を失い、粘性の高いぶにぶにに成り下がってしまって、〈コストロモ〉の模型にも、ピノピとポーレ君の手足にもべっちょりとくっついております。

「じゃ、いいですよ。引っ込めないなら、このままでいてもらいましょう」

それならそれで浮き上がらずに済む――なんて、都合のいい展開にはならないんだな、これが。

わらわらたちにとって、主人であるピピの命令は絶対ですからね。健気《けなげ》にも残った力を振り絞り、それぞれの身体《からだ》を魔力に還元して杖《つえ》のなかへ戻ろうと試みて、

ひゅん！

わらわらネットが消失した瞬間に、

「――主電源切断」

「うひゃあああああ〜」

結局、五層の天井まで舞い上がる三人でありました。

「わあ、でもこれやっぱ楽しい！」

ピノは喜んでるけど、灯りが消えて真《ま》っ暗闇《くらやみ》だから、

「ピノ、ポーレ君！　どこにいるの？」

ピピは怖がってる。

「ピピさん、僕はすぐ横にいますよ。ピノさん、姿勢を変えちゃいけません」

暗闇のなかに聞こえるポーレ君の声は冷静そのもの。

「えっと、五層には何があったっけ――」

スケルトンの模型を思い出している。

「ピピさん、わらわらたちは使えませんよね？」

「うん、しばらく休ませてあげないと」

「じゃ、ほかに僕らをキャッチできるような魔法はありませんか」

何だか呻《うな》ってるみたいなピノの声が割り込んできた。「オレ、できる！」

「そんな変な声を出して、さては逆さまになってるんでしょう」

「あれ、バレた？　いいじゃんか。で、どうすりゃいいんだよ」

「僕らをキャッチして、五層の東側――ですから左側の方へ下ろしてほしいんです。吹

き抜けのまわりには手すりがついてましたから、それにぶつからないようにソフトな感じで」

「よっしゃ。そういうのにうってつけなキャラなんだ、あのおっさんは」

ルイセンコ博士の声が呼びかけてくる。

「あと十秒で全システムが再起動するぞ。ちびっ子たち、用意はいいか？」

「いいよ！」

そうです、ピノの新技の出番。

「魯粛のおっさん、オレらをソフトに片付けてくれ〜」

〈お片付け〉の声と共に、魯粛のでっかい掌《てのひら》が出現。その魔法の光に照らされて、ピノとポーレ君は互いの位置を確認。

「ピピ姉《ねえ》、ポーレ、おっさんの掌に乗れ！」

〈コストロモ〉全層に照明が戻った。重力も戻った。背中からずり落ちそうになったリュックの紐《ひも》を、ピピがしっかりとつかむ。

〈お片付け〉

魯粛の掌はしずしずと三人を五層の吹き抜けの通路へと運び、下ろしてくれた。

「ありがとう、おっさん」

ピノの髪の毛が逆立っている。逆さまになったり、宙に浮きながらぐるぐる回ったりしていたせいです。

「はあ、うまくいきましたね」

笑顔のポーレ君はピノピを促す。

「行きましょう。この先がブリッジです」

おお、本当だ。通路の側面に表示がある。

〈ブリッジ　乗組員以外立入厳禁〉

「ポーレってホント頼りになるなあ」

つるつるの通路を走ってゆくと、ブリッジ出入口の気密ドアが、三人を歓迎するようにぷしゅうと上下左右に開いた。

が、何故《なぜ》か、その開いたドアが何か嫌な感じに糸を引いている。そしてブリッジ内部はまた真っ暗だ。

「何、これ」

立ちすくむピピ。身構えるピノ。棒立ちのポーレ君。

「作者さん、表現を間違えてます」

あら、そうですか。

「ブリッジは真っ暗なんじゃありません。真っ黒なんです」

黒光りするでっかいものが、その巨体でブリッジを占拠してしまっているからである。

「で、これは何だよ？」

あれだけたくさんへバリアンがいるんだから、これがいるのは当然です。

そのときまた、スピーカーからルイセンコ博士の声が。

「ちびっ子たち、無事だったかね。今どこにいるか知らんが、うかつにブリッジに近づくなよ。正体不明の巨大な生物反応が感知されとるからな」

言うのが遅いよ。

「クイーン・へバリアンだぁ！」

卵もどっさり産んでます。


「——何というか、もう」

わらわらの鎧《よろい》防御《ぼうぎょ》が使えないので、戦闘に巻き込まれるのを避けて隠れていたポーレ君なのに、顔色を失っている。

クイーン・へバリアンが恐ろしかったから？　いえいえ、違います。

「お二人とも、人間離れしてきましたね。怪物の女王を倒すまで、五十三秒しかかかりませんでしたよ」

「卵も全部焼き払ったわよ」

ちなみにこれは、『ソウル・サクリファイス　デルタ』で作者がドラゴン化したマーリ

ンを倒すのに要した時間とほぼ同じです。〈要請録〉を全クリアしてから挑めば、真のラスボスであるゴッドマーリンも、同じぐらいのタイムで倒せるかしら。

「作者さんがごちゃごちゃ言ってますけど」

「寝言だ。気にするな」

やっと普通に移動できるようになった三人。残党のヘバリアンを狩りつつエアロックに帰りついてみると、ルイセンコ博士と新生ボッコちゃんは、メタリックな素材のファッションを身につけたコロニーの住民たちに取り囲まれていた。

「捕まっちゃったの?」

「違いますよ。みんな万歳してるじゃありませんか」

そう、住民たちは博士と新生ボッコち

ゃんがヘバリアンを退治してコロニーを救ってくれたと思っているんです。

「もしもし、皆さん？」

「おお、ちびっ子たち」

ようやく合流し、ピノピたちが事情を説明すると、生き残りの住民たちはさらに万歳三唱して、三人が（とりわけピノが）死ぬほど求めていたものを提供してくれた。そう、ご飯であります。

だけど宇宙食って、三人が（とりわけピノが）期待していたものとはだいぶ様子が違っていました。お肉も野菜も、何でもかんでもペースト状で、チューブに入ってる。

「これ、飯のうちに入ンの？」

「栄養補給にはなりますから」

どうにか空腹を満たすと、エアロックの新生ボッコちゃんのそばに戻って、ピノはぐうぐう昼寝。ピピもわらわらたちと一緒に一休みしたけれど、博士とポーレ君の二人は、住民たちに聞き込みを始めた。

そして集めた情報を検討すると――

「ブラックホールを通り抜けたワシらは、やはり、別の並行世界へ来てしまったらしい」

「このコロニーが存在している宇宙は、僕らのボッコニアンが存在している宇宙ではないんです」

叩《たた》き起こされて、ピノは寝ぼけているけれど、ピピには事の重大性がわかってきた。

「じゃあ、どうやったらボツコニアンに帰れるの？」

博士は鼻の下をぼりぼり掻《か》いた。「さあてなあ。ここにある機材だけじゃ、さすがのワシにも次元間移動装置は作れん」

「またブラックホールを探して飛び込めばいいじゃんか」

「あんなもんが、そうそう都合よく近くにあるもんかい」

意外と長身のルイセンコ博士には手が届かないので、ピピは手近なポーレ君の胸ぐらをつかんで、ぐらぐら揺さぶった。

「じゃあ、いったいどうすんのよ？　あたしはうちに帰りたいの！」

「それは、僕も、同じ、です、から、ピピ、さん、ゆさ、ぶら、ないで」

「ブラックホールがないなら、作ったらいいじゃん」

ピノの発言に、博士とピピは顔を見合わせる。ポーレ君は目を回している。

「どういうこと？」

「どうもこうもねえよ。オレたちが飛び込んだブラックホールは、魔王が作ったブラックホールだったんだろ？」

魔王の怒りの鉄拳《てっけん》の形をしていました。

「つまり魔力でできたブラックホールだってことさ。そんなら、ピピ姉にも作れるんじゃねえ?」

今度はルイセンコ博士がじいっとピピを見つめ、ピピは指で自分の鼻の頭を押さえた。

「あたしが作るの?」

「そう」

ふらふらしながら、ポーレ君も言う。「たしかに、今のピピさんは、強い、ですから」

ピピは考え込んでしまった。「でもねえ、いくらあたしが成長したって言っても、そこまでの魔力があるかどうか……」

ピノはふわわあぁと大あくび。

「ま、ここは安全になったんだから、一泊させてもらってゆっくり考えようよ。オレ、風呂に入りたいし、やっぱ脚を伸ばして寝たいなあ」

このコロニーの子供たちが、興味津々の表情で一同を遠巻きにしている。ピノが笑いかけると、それが合図になったかのように、みんなで駆け寄ってきた。

「ねえねえ、その銃見せて!」

「バンバンって撃ってみてよ」

「触るなよ、危ないぞ」

「お兄ちゃんのブーツ、へんてこだね」

「こいつはブーツじゃなくて長靴だ。伝説の戦士の長靴なんだぞ」

「ほかにはどんな装備を持ってるの？　このなかに入ってるの？」

「こら、勝手にリュックを開けるなって」

「わあ、汗くさ〜い」

「これなあに？」

一人の子供がリュックから引っ張り出したものを見て、ピピはハッとした。

「そうだわ、あれがあった！」

カイ・ロウ博士が莢《さや》ニンゲン記者の能力に触発されて発明した三角錐型変身頭巾《さんかくすいがたへんしんずきん》である。

「あたしがあの頭巾をかぶって、凄《すご》い魔法使いに変身すればいいのよ。ブラックホールが作れるぐらいの強大な魔力を行使できる魔法使いに」

善は急げだ。

「誰になればいいかしら。ガンダルフ？」

あのおじいさまは、意外と魔法を使う場面が少ないんだよね。

「オズの魔法使い？」

やっつけられちゃうんじゃないかしら。

「じゃ、魔女イデア」

急に格が小さくなったぞ。

「それとも魔女になったリノア」

もっと使えねえキャラだからやめなさい。

「――ピピさん」

ポーレ君がおずおずと口を開いた。

「僕はお二人に感化されただけで、ホントの神子《みこ》体質じゃありませんけど」

「そんなのいいから、アドバイスがあるなら言ってみてよ」

「さっき、作者さんがごちゃごちゃ言ってたヒトはどうでしょうか」

マーリンだ！

「作者さんが毎日プレイしているゲームのキャラのマーリンじゃなくて、その名前の由来になっている、伝説のアーサー王に仕えた偉大な魔法使いの方のマーリンです」

ピピはぽんと手を打った。

「それ、名案」

という次第で、ピピは速攻で変身！　長いマントの裾《すそ》を翻《ひるがえ》し、古《いにしえ》の大魔法使いの登場だ。さあ皆さん、偉大な魔法使いマーリンの外見を、お好みのままに想像してくださいね。

ポーレ君が呟《つぶや》く。「これって手抜きじゃないですか」

ルイセンコ博士がうなずく。「それで話が早く進むなら、かまわん」

マーリンになったピピが朗々と呪文《じゅもん》を唱える。「○×△□、方向キー上、上、右、下、下、Rボタン、Lボタン、トリガーキー入力、うらうら、うりゃ〜！」

ポーレ君がこそこそと訊《き》く。「あれって、どんな技の出し方ですか」

ルイセンコ博士が答える。「〈波動拳〉しか出せん作者のことだからどうせデタラメだろうが、話が進むのならかまわん」

突然、がくんと揺れが来たと思うとコロニーの照明が点滅し、けたたましい警報音が鳴り始めた。スピーカーが叫ぶ。

「異常な重力波を感知！　四時の方向に特異点が出現！」

ホントにできたぞ、ブラックホール。

「何やってんだよ」

子供たちとわいわい遊んでいたピノはびっくり。ポーレ君はピピの頭から変身頭巾をむしり取り、

「ピピさん、もういいですよ。ピノさん、出発です。ボッコちゃんに乗ってください！」

ボッコニアンに帰って（まともな）ご飯を食べましょう。

第9章
ためらいの迷宮・3

しゅぱっ。

ブラックホールを通り抜けてボッコニアンに無事帰還。テレポート的な移動でしたので、冒頭のオノマトペもおとなしやかです。

「お、ここはフォード・ランチだぞ」

青々と広がる牧草地と、彼方《かなた》に見える赤い屋根。納屋とむくむく羊たち。フネ村の外れにある、ピノピのおじいちゃんとおばあちゃんの牧場だ。

「おじいちゃん！　おばあちゃん！」

「飯メシめし〜！」

新生ボッコちゃんのハッチを開けて飛び出すと、それぞれに叫んで駆け出すピノピ。

ポーレ君もその後を追っかける。

「どれ、おまえも整備が必要じゃな」

羊たちを怖がらせないよう、牧草地の端の方へとゆっくりボッコちゃんを移動させてゆくルイセンコ博士は、操縦席から長閑《のどか》なフネ村の景色を眺めて――眺めて――

「む？」

眺められないことに気がついた。

一方、赤いお屋根のフォード・ランチに飛び込んだピノピたちは、

「ただいま！」

「こんにちは、お邪魔します」

挨拶《あいさつ》の声に、おじいちゃんとおばあちゃんの返事がない。

「出かけてるのかな」

ピピが家の裏手に回ってみると、二人乗りの荷馬車が所定の位置にない。

「村へ買い物に行ってるみたい」

「じゃ、とりあえずはありものでいいや」

ピノは台所をあさり、ピピはお茶の支度などを始め、田舎《いなか》の家が珍しいポーレ君は、あちこちを見て回る。そのうちに、

「ピピさん、ちょっと」

「なあに？」

「羊たちが窓の外に集まってきてますけど、これって正常な状態なんですか」

言われて、ピピが広いリビングの窓際に寄ってみると、確かに羊の群れが集まってい

る。何となく落ち着かない様子で、互いに身体《からだ》をこすりつけ合っている。

「むくむくウールに虫がわいちゃったのかしら。痒《かゆ》いの？」

手を差し伸べて、一頭の羊の背筋を搔《か》いてやる。と、ほかの羊たちも押し合いへし合いしながら、さらに寄ってくる。

「僕の目には、彼ら、怯《おび》えてるように見えるんですけど……」

ポーレ君も不安そうになってきた。

「ボッコちゃんのせいかな。見慣れない巨体のマシンが突然現れたんで、びっくりしちゃったんでしょうか」

当のボッコちゃんは遠くに離れている。

「あんなところにいるから大丈夫よ。それに、うちの羊たちはそこまで繊細じゃないよ」

「じゃあ、何がいけないのかなあ。君たち、どうかしたの？」

ポーレ君は問いかける。むくむくの群れはただむくむくしているのみ。

羊たちの沈黙。

いやあ、第一巻を思い出しますねえ。

「それにしても、博士もあそこで何やってるのかしら」

ルイセンコ博士はボッコちゃんのハッチから半身を覗《のぞ》かせ、額に手をかざして遠くを見遣《みや》っている。じっと見遣っている。

「はぁかせ〜！」

ピピは窓から大声で呼びかけた。

「お茶をいれますよ〜」

ポーレ君も加わって、さらに呼ぶ。

「ん、どした？」

食べ物を発見したらしく、ピノが口をもぐもぐさせながらやってきた。

「はぁかせぇ〜！」

三人分の唱和が、彼方のボッコちゃん上のルイセンコ博士の耳に届いた。この距離だとマッチ棒ほどのサイズに見える博士は、フォード・ランチの方に向き直り、両手を交差させてバツ印をつくった。

「どういう意味かしら」

「ボッコちゃん、故障ですかね」

「ただ壊れただけならいいけど、また暴走だとやばい」

もういっぺん三人で唱和。「はぁかせ〜、どうしたんですかぁ〜」

博士は大きくバツ印を掲げ直し、次にその手をワイパーみたいに左右に振る。遠すぎてよく見えないが、大げさに口をパクパクさせているみたいだ。

「何か言ってるぞ」

博士がボッコちゃんの機内に引っ込んだ。そして拡声器で、

「あ、あ〜、あ、テストテスト」

早く使えよ。

「大変だぞ、君たち」

「だから何だっての？」

ピノはげっぷを一発、ピピは近くにいる羊の頭を撫《な》で、ポーレ君は眼鏡《めがね》のつるを押さえてきりりと緊張。

「本当に大変だぞ、君たち」

ひとつ深呼吸してから、博士は言った。

「フネ村が消えておる」

ボッコちゃんの頭の端っこに緊急出動用のぐるぐる回るライトを載せ、サイレンを鳴らしながら、一同はフネ村の中心部に駆けつけた。

何もない。きれいさっぱり、ホントに本当に何もかもなくなっている。

村役場も学校も、保安官事務所も駅も消防署も、センターストリートも図書館も、もちろんたくさんの家々も。だからピノピピの両親の家も。

そこにいるべき住人たちも、全員消えていなくなっていた。

まず、ボッコちゃんから拡声器で呼びかけてみた。返事なし。次にはピノピとポーレ君が地面に下りて、あっちへ走ったりこっちへ戻ったりしながら、両手をラッパにして呼びかけてみた。

「誰かいませんかあ？」

「お〜い、誰かいないか！」

「フネ村の皆さん、どこですかあ」

まったく、誰も、応《こた》えない。人っ子ひとりいやしない。

土埃《つちぼこり》を含んだ風が吹き抜ける。ピピはへなへなとその場にへたりこんだ。

「みんな……どこ行っちゃったの？」

お父さん、お母さん、おじいちゃんおばあちゃん。

「ほわんかんもいなくなってるぞ」

ほあんかんです。

観光都市アクアテク生まれアクアテク育ちのポーレ君は、田舎の村の保安官を知らない。

「それって、あの数学史上最大の難問のことですか？」

それはポアンカレ予想です。

「どうしよう。どうしたらいい？」

堪《こら》えきれずに、ピピは泣き出した。

「これも魔王の仕業なのかな。あたしたちが魔王を怒らせたから？」

シビアな展開に、ピノとポーレ君もくちびるを噛《か》んで、次の台詞《せりふ》が出てこない。何をどうしたらいいのかもわからない。

と、そのとき。

「行き詰まっているのなら、どうしてわたくしを呼ばないんですか」

能天気に明るい。無駄に明るい。溶かしバター色の光を身にまとい、ぽん、と軽やかな破裂音と共に登場したのは、

「トリセツ！」

「はい。皆さん、わたくしの存在をお忘れのようですね。いけませんねえ」

チッチッチと舌打ち。

「そんなの、今までおまえがまるっきり、全然、まったく役立たずだったからだよ！」

つかみかかろうとするピノの手をふわりと避《よ》けて、トリセツはにこやかに言う。

「さてお三方、三歩ずつ後ろにお下がりください」

へ？

「今お立ちの場所から三歩うしろへ」

葉っぱの先で丁寧にご案内され、不得要領《ふとくようりよう》のまま三歩移動する三人。

トリセツは小首をかしげる。「う〜ん、もう一歩半かな」

「何なんだよ？」

「その位置ですと、真ん中にならないのですよ。どうぞあと一歩半」

あ、大股《おおまた》でねと付け加える。

しょうがない。大股で一歩半退く三人。

「これでよし」

トリセツはぱんと葉っぱを打ち合わせた。

「では、しばしお待ちを」

その言葉が終わらないうちに、ピノピとポーレ君の足元に震動が走った。

「地震？」

「これ、司書さんの部屋の床が消えたときと同じですよ！」

ご心配なくと、トリセツは笑う。

「今度は消えるのではなく、出現するのですから」

は？

ずずずず、ごごごご。地響き、震動、空気までびりびりと鳴動。地下から何か巨大なものがせり上がってくる。

「いいかげん、トライポッドネタには飽き飽きしたけど」

いいえいえ、もっとずっと大きいぞ。

ずん！　突き上げるような揺れがきて、三人の背後の遠いところに、石造りの側壁が地面から生《は》えてきた。ひとつ、またひとつ、出現しては横に並んでゆく。魂消《たまげ》て声もなく見守るうちに、側壁が連なり弧を描いてゆく。

ずずずん！　今度はその手前に、何だこりゃ？

「観客席？」

そうです。高さは二十席分、幅は一度に十席分ずつ出現し、これまた横に連なって大きな弧を形成してゆく。

「うへえ……信じられないけど」

ポーレ君が眼鏡を外し、あんぐりと口を開ける。

「これ、闘技場ですよ」

ご明察。ピノピとポーレ君の立っているところがその中心。戦いの舞台だ。トリセツの言う〈真ん中〉とはこの意味だったのだ。

「博士とボッコちゃんはどこ？」

ピピが叫んだその瞬間、闘技場の外周を完成させる最後の側壁がずずんと出現し、博士を乗せたボッコちゃんを閉め出してしまった。

「これでオレたち三人きりか」

土埃を舞いあげながら、観客席も出来上がってゆく。そして、三人の背中側に半円形のゲートがひとつ、正面にもうひとつ。

「剣闘士用の出入口です」

今は頑丈そうな柵《さく》が下りて、閉じられている。だからピノピもポーレ君も、そこから脱出することはかなわない。

「わかったわかった。戦えばいいんだろ？」

状況が見えたら、ピノは腹をくくるのが早い。ガンブレードを抜き放つ。

「相手は誰だ？」

「それよりピノさん、この戦いに何がかかっているのか、先に確認しなくては」

狼狽《ろうばい》しつつも冷静なポーレ君の発言に、トリセツは無駄に明るい光を放ちながら笑った。

「剣闘士が命を賭《か》けて戦い求める報酬は、〈自由〉に決まっていますよねぇ」

「何だと？」

「ここは魔王の闘技場。皆さんがここで、魔王の送り出す対戦相手に勝つことができたなら、フネ村の人びとは解放される。そういうことでございますよ」

「村のみんなは人質なのか！」

「ホントね？　あたしたちが勝ったら、みんなを返してくれるのね？」

ピピもようやく立ち直った。ツインテールを縛り直し、魔法の杖《つえ》を構える。

「約束よ」

「はい。この世界のトリセツに二言はございません。全員、無傷でお返しします」

にこやかなトリセツの表情と、その場の勢いにごまかされ、ピノピは大切なことをスルーしちゃってる。でも、賢いポーレ君はちゃんと気づいてる。

「トリセツさん。今のやりとりを聞くと、あなたはまるで魔王の側にいるみたいだ」

お返しします、なんて。

「あなたは伝説の長靴の戦士の案内人じゃないんですか？」

トリセツは心底《しんそこ》驚いたような顔をした。

「はい、わたくしは伝説の長靴の戦士を導く世界のトリセツでございますよ」

伝説の長靴の戦士を魔王のもとに導く存在。ちなみに精霊よりも格が上。

「わたくしは魔王への案内人。だからこそ、魔王にもっとも親《ちか》しいもの」

そういう存在を、一般に何と称するか。

「魔王の〈側近〉でございます」

「えええええ～！」

「そんなの聞いてないよ！」

「伏線あったか？　なかったろ？」

作者も知りませんでした。

「いい加減にしろ〜！」

ピノの怒りの咆哮《ほうこう》。

「甘いもん食って寝てばっかの役立たずだったくせに、今ごろになって何言ってんだ！」

トリセツはけろりと言い返す。「わたくしがおやつを食べてごろ寝していたのは、お二人がご自身の知恵と勇気を振り絞り、数々の冒険を経てたくましく成長して、この闘技場の中央に立つ資格を得るときを待っていたからでございますよ」

あ〜あ、ヒマだった——と、葉っぱを口元にあてて大あくび。

「こいつコロす。マジぶった切る」

いきり立つピノを、ピピとポーレ君が二人がかりで引き止める。

「そんなことしたって無駄よ」

「そうです。今はこの勝負に乗るしかありません」

トリセツは目を細める。「メガネ君はお利口ですねえ」

「僕の名前はポーレだ！」

「ふん、ＮＰＣ《ノン・プレイヤー・キャラクター》の分際で、固有名にこだわるなど生意気な」

ぐさり。この攻撃には、ポーレ君は弱い。たちまち涙目になってしどろもどろ。

「ぼ、僕だって、い、いつかは自分の、ぼ、冒険の旅を、して、みせる」

「経験値なき者は去れ」

トリセツが葉っぱをひらりとさせると、ポーレ君の姿がかき消えた。

「ポーレ君！」

ピピの悲鳴。ピノは怒りに拳《こぶし》を固める。

「ピピ姉《ねえ》、落ち着け。勝ってポーレも取り戻せばいいんだ」

トリセツはふわふわとそこらを舞い、闘技場の全景を見渡すと、

「さて、舞台はすっかり完成しましたが、試合を始めるのはまだ早い。大事なものが足りません」

葉っぱを顔の縁にあて、わざとらしく耳を澄ませる仕草をした。

「おお、グッドタイミング。到着したようでございますよ」

ピノピにも聞こえたし、感じとれた。遠くから、大勢の人びとが声をあげ、どんどん近づいてくる。

トリセツはにっこり。「観客の到着です」

驚いて見守る二人の前で、空っぽの観客席に王都の警備兵たちがなだれ込んできた。さらに、あの黒装束《くろしょうぞく》の一団は、

「ニンジャたちだ！」

「ジュウベエさん！」

「おお、ピノ殿、ピピ殿」

ニンジャ走りで観客席を突っ走るジュウベエは、ピノピに気づいて大ジャンプ。が、二人の上空で見えない壁に跳ね返され、観客席に逆戻りだ。宙でくるりと身をひねり、シタッと着地したのはさすがである。

「ジュウベエ、ただいま参上！」

トリセツがちらと牙《きば》を見せて呟《つぶや》く。「助太刀《すけだち》は禁止です」

ほかの警備兵たちとニンジャたちも、観客席から出ることができないらしい。勢い余って右往左往している。

「観客は観客らしく、お早く着席なさいますように」

慇懃無礼《いんぎんぶれい》にのたまうトリセツを、ピノは睨《にら》みつけた。

「おまえがみんなを呼んだのか」

「盛り上がるでしょう?」

「ピノ殿ピピ殿、ご無事で何よりじゃ」

見えない壁に手をくっつけて、ジュウベエが大声で呼びかけてくる。

「昨日、通りがかりの旅の商人が、フネ村が何やら怪しげな黒雲に包み込まれ、きれいさっぱり消え失《う》せてしまうところを目撃したと、王都の警備隊に報《しら》せてきましてな」

報告を聞いたモンちゃん王様は、すぐさま派兵を決定した。

「フネ村はお二人の大切な故郷。我らが頭領も傍観してはおられぬと、拙者《せっしゃ》とニンジャ部隊を遣わした次第でござる」

「そうだったの。ありがとう」

ピピは目尻に残った涙をぐいと拭《ぬぐ》った。

「それにしても、いったいぜんたい何事でござるか。この巨大な円形の道場は——」

まるわ弁当店のアヤコさんのキッチンスタジアムとはちと違う。

ピノは毅然《きぜん》として声を張り上げた。

「心配するなって。そこで見てろよ。オレたち、めちゃくちゃ強くなったんだから」

そうよそうよとピピも応じる。

「絶対に負けないわ！」

闘技場バトルの開始を告げるファンファーレが高らかに鳴り響く。

トリセツが宙でくるくるしながらアナウンス。「あ～かコーナー、魔王の先鋒《せんぽう》モンスター」

「うるせぇ、とっととかかってこい！」

ゲートが開いて、どっと冷気が吹き寄せてきた。さらにあの聞き覚えのある響き。

でんでろでんでろでん。

現れ出たのは氷の大目玉アドバルーン。

「世界のすべてを凍りつかせ、久遠《くおん》の眠りへと誘《いざな》う絶対零度の王。我が名は」

「ノーパンは引っ込んでなさい！」

召喚された張昭の赤い閃光《せんこう》キック乱舞に、ピピの「文官の怒りの雨あられ！」が加わって、哀れな氷結モンスターは、

「……名乗ってるヒマもなかった」

一回戦、ピノピの勝ち。

「続いてあ～かコーナー」

トリセツのアナウンスをかき消す黄色い声が、ゲートの奥から聞こえてくる。ん？

えらくポップなメロディに乗っているぞ。

「わ！　ミンミンがいっぱいだ」

ミンミンそっくりの女の子たちの軍団だ。揃《そろ》いの衣装を身につけ、甘やかな声で歌ったり、ぴちぴち踊ったりしながら押し寄せてくる。よく見れば手に手にマイクじゃなくて火器を持っている。

「あなたのハートを狙《ねら》い撃ちよ♪」

狙わなくてもあたるマシンガンだ。

「クソ、ぶった切って」

やりたいけれども、姿も声もみんなミンミンだ。ピノもピピも思わずひるんで、一方的に撃ちまくられ、逃げ回るのが精一杯。

「わあ、大変だ。でも、こんな可愛《かわい》い女の子たちに暴力をふるうことなんかできません。伝説の長靴の戦士、さあどうする？」

トリセツの実況中継に腹が立つ。

「ピノ、どうしよう」

「ピピ姉、こんなときこそあれだ」

ピノは三角錐型変身頭巾《さんかくすいがたへんしんずきん》を取り出すと、

「現役大物プロデューサー！」

一声叫んでそれを装着、瞬時に変身。誰になったのかは、お好みで想像なさいませ。

「よし、君たち全員、一次審査に合格！　最終オーディションは水着審査だ。すぐ着替えてきなさい」

「きゃあ嬉《うれ》しい。は〜い、わかりました♪」

ミンミンそっくりの女の子軍団、即退場。二回戦もピノピの勝ち。

「ちょっと釈然としないけど勝ったのね」

しゃげ〜！　三回戦の相手がもうそこまで迫っている。燃えるドラゴンの鼻息で、闘技場内の温度がかあっと上昇。

「あれは空龍《エア・ドラゴン》！」

〈お片付け〉

ピノ召喚の魯粛の掌《てのひら》で、瞬《また》く間に勝利。

「今さらチュートリアル用の魔物になんか用はねえ」

作者がドラゴン化マーリンを五十三秒で倒したときよりも鮮やかな手際でした。拍手ぱちぱち。

「セイレーンとサイクロプスには相変わらず苦戦してる作者に褒められてもなあ」

そうなのよ。『ソルサク』の〈杖持ってる系〉魔物は何であんなに嫌らしい攻撃ばっかしてくるのでしょうか。

「知るか。次！」

ぷんと生臭《なまぐさ》い。それだけでもう正体がわかっちゃう。

「クトゥルー系だわ。今度はあたしに任せて。オジキ行くわよ、怒りの文官のお叱《しか》り！」

ピピが魔法の杖を振り上げ、がらがらどっかんと大落雷。それが鎮まった後には、張昭の赤い閃光キックを食らってぺっちゃんこになったぬるぬるモンスターが一体。

「クトゥルー一人旅だったな。次！」

ピノピが対戦相手を圧倒してゆく様に、観客席は大盛り上がりで大歓声。増援部隊も加わったのか、いつの間にか満席になっている。

「ピノ殿ピピ殿、お見事でござるぞ！」

ジュウベエも誇らしそうです。

「こんなにも立派に成長されて、拙者は……拙者は……」

ニンジャの覆面に涙がにじんだりしているのですが、しかし、そのとき。

出し抜けにあたりが暗くなった。ハッとして頭上を仰げば、ねっとりと重たげで粘度の高そうな黒雲が、闘技場の上空をすっぽりと覆い尽くしている。

これ、もしかして、フネ村を呑《の》み込んで消し去ったのと同じ黒雲？

その黒雲の奥から、また甘やかな声が聞こえてきた。

「そろそろいいわね」

独り言のような呟きだ。それを耳にして、ピノはその場に棒立ちになる。

「この声――」

「ピノ、どうしたの」

ピノの目が泳いでいる。

「ピピ姉、今の声、まさか今のが魔王なのかな。そんなことって――」

「へ？　何を慌ててるのよ」

なんて言ってるところへ、頭上の黒雲が生きもののようにしなり、膨らみ、広がりながら襲いかかってきた。ピノピも観客席の警備兵やニンジャたちも、なすすべもなく次々と呑み込まれてゆく。

「きゃあああああ～！」

暗転。以下次節なのですが、〈甘やかな声〉というのは、ミンミンたちのような女の子の声ということです。でもミンミンではありません。念のため。

ついでに言うとセイレーンでもありません。念のため。

第９章
ためらいの迷宮・４

意識を取り戻すと、ピピは一人ぼっちになっていた。

あたりは薄暗く、身体《からだ》の下の地面は乾いていて柔らかい。起き上がり、手足を動かしてみると、幸いどこにも怪我《けが》はないようだ。

「ピノ！　ジュウベエさん！」

呼びかけてみても、自分の声が反響するだけで、返事はない。

——ここ、どこだろ？

何となく見覚えがある場所だ。ずいぶん前に、こういうところに来たことがあるような気がする。

洞窟《どうくつ》？　薄闇《うすやみ》に満たされた岩壁のトンネルが前後に延びていて、かすかに風が流れてくるし、この薄暗さを演出しているほのかな光源も、トンネルの先に存在しているようだ。

ともかく、明るい方に行ってみよう。足を踏み出すと、赤い長靴のなかに小石が入ってしまったらしく、ちくんと痛い。長靴を片方ずつ脱いで逆さまにして振ってきれいにして、もう一度はき直してみて、はっと思い出した。

「ここ、いちばん最初に来た場所だわ」

役場の鑑定課のおっさんつまり〈門番〉つまりルイセンコ博士に、枕元《まくらもと》に出現した黒い長靴を鑑定してもらい、「当たりだ！」と言われた途端にその場の床が抜けてぴゅうっと落下して、ここに到着した。そのときもやっぱり一人ぼっちで、お尻がちょっぴり痛いのでさすっていたら、黒い長靴が急に起き直ってパタパタと走り出していったので、その後を追いかけていたら、

「頭の上にピノが降ってきたんだった」

ピノもまた、彼を置き去りにして走っていく赤いゴム長靴を追いかけていたのでした。このあたり、お忘れの方は第一巻の第1章「フネ村の二人」をご確認くださいましね。あのときは、二人で「おまえ誰だ」とか言い合っているうちに、あの役立たずで、実は魔王の側近で、だから実は裏切り者でもあったトリセツが登場し、すぐににぎやかになった。

でも、今はじっと周囲の様子を窺《うかが》っていても、かすかな風の音がするばかり。振り返ってみれば、伝説の長靴の戦士としての旅が始まってからこっち、ピピはほとんど一人になったことがなかった。この静けさは本当に久しぶりだ。

ちょっと淋《さび》しい。

「ねえピノ、近くにいる？」

声を張り上げてもう一度呼んでみる。やっぱり返事はない。

弱気になってはいけない。はぐれちゃっただけなんだから、探せばいいんだ。ツインテールを整え、魔法の杖《つえ》をしっかりと構えて、ピピは歩き始めた。

ザクザクザク。足元の地面を踏みしめ、ときどき大声でピノを呼ぶ。そのうちに閃《ひらめ》いた。そうだ、こんなときこそあのキャラを呼べばいいんじゃない？

「しばらく登場してなかったから、奇特なファンの皆さんもお待ちかねかもしれないしね。カクちゃ〜ん！」

霊体の郭嘉は、呼べばどんなところにだって現れる――現れる――現れる――はず。

し〜ん。

現れないこともあると判明。

ピピは、自分で思っている以上にがっかりした。それを認めたくないから、勝ち気に口元を引き締めてザクザクザクと歩く。

「魔法の杖があるんだから、大丈夫よ」

自分に言い聞かせて、また閃いた。そうだ、杖に宿っている張昭オジキがいるじゃないの！

「オジキ、出てきて」

杖を掲げて召喚するも、反応なし。

し〜ん。じわじわと身にしみる静寂。

「わらわら、おいで！」

これも反応なし。

「わらわらもダメなんて……」

ここでは魔法が使えないようである。

手の中の魔法の杖は、ただの棒っ切れ。丈が短いからステッキにもなりません。ピピは一人で心細いばかりか、能力を封じられてさらにピンチだ。

ちょっとどころか、大いに淋しい。

これは異常かつ緊急の事態だ。早急に改善せねばならぬ。ピピは薄暗い岩のトンネルをどんどん進む。

「ピノ！　ジュウベエさぁん。ポーレ君！」

薄暗いトンネルに響き渡るピピの呼びかけに応《こた》える声は——ない。

「ねえ、誰かいない？」

トンネルの岩壁が、ピピの呼びかけを跳ね返して復唱する。誰かいない？　誰かいない？　誰かいない？

「誰もいないわよ」

ん。今のは何だ？

ピピは足を止めた。今の、最後のは反響じゃなかったぞ。

「ねえ、誰かいない？」

誰かいない？　誰かいない？

「こんなことやってると、またうちの作者に楽をさせるだけよ。早く返事して」

しぃ〜ん。

「もう、じれったいわね」

どんどんと地団駄《じだんだ》を踏んだそのとき、

「誰もいないって言ったのよ」

ピピはその場で固まった。

——誰の声だ？

冷ややかな気配が迫ってくる。ピピの腕に鳥肌が立った。

「仲間なんか誰もいない。あんたは永遠に一人ぼっち」

しっかり聞き取れた。第三者の声だ。すぐそばで囁《ささや》きかけてくる。でも、その声の主の姿は見えない。このトンネルの薄闇そのものがしゃべっているみたいだ。

ピピは気持ちを落ち着け、強い声を出して問いかけた。

「あんた、誰？」

冷たい気配がピピにまといつき、からかうように頬《ほお》を撫《な》でる。首筋の毛が逆立つ。

「返事をしなさいよ。聞こえてるんでしょ」

うふふふ。返事の代わりに甘い含み笑い。そして、冷ややかな気配がまた囁いた。

「かわいそうに、あんたは見捨てられちゃったのよ」

笑い声と同様にシュガーな声音だ。つまり甘やかな声ってことです、念のため。

ピピはぞくりと震えた。直感でピンときた。この声の主は、ピピと同じ属性だ。つまり女の子である。キャラかぶりは、これまでピピが経験したことのない事態だ。ミンミンは妹キャラでしたからね。

「もう誰も、あんたなんかにかまってくれない。あんたは永遠に一人ぼっちで、この迷宮を彷徨《さまよ》い続けるの」

甘やかな声でキツいことを言われ、ピピはすかさず反論した。「お言葉ですけど、ここはただの洞窟であって迷宮ではないと思うわよ。一本道だもん」

「うるさいわね！」

この正体不明の女の子（推定）は、どうやらキレやすいようである。

「あんたはもう二度とここから出られないの。だから迷宮なのよ」

「その定義づけには、担当編集のクリちゃんも校閲さんも異議があると思うわ」

作者の意見は求めてくれませんか？

「あたしとしては、作者よりタカヤマ画伯の意見を重視したいわね」

この場面のイラストを描くのは画伯だからね。

ピピは両手を腰に当て、学級委員のように問いかける。「それより何より、あんた何者？　もったいぶってないで名乗りなさいよ」

「うるさい、うるさい、うるさい！」

こうもキレやすいのは、甘い清涼飲料水を飲み過ぎているせいかもしれませんね。

「作者もうるさい！　やっと登場できたんだから、好きにさせなさいよ」

失礼しました。

「作者のくせにすぐ謝るな！」

ピピにも叱《しか》られちゃった。すみません。じゃ、お詫《わ》びに情報をプレゼント。ここは、この暗い洞窟をつくった女の子の心の迷路だから、迷宮なんですよ。

ピピさん、まったく驚かないばかりか超冷淡なリアクション。

「なぁに、その手垢《てあか》まみれの表現。〈心の迷路〉だって。ケッ！」

舌打ちまでしちゃうぞ。

「〈心の闇〉と同じぐらい陳腐でありきたりだわね」

「黙りなさい！　あんた生意気よ」

「フン、こちとら生意気でナンボの長靴の戦士さ。喧嘩上等《けんかじょうとう》よ」

かかってらっしゃい――と身構えるピピ、ここでは魔法が使えないことを忘れています。

正体不明の女の子の声が嘲笑《あざわら》う。

「あんた、今時ツインテールなんてバカみたいだと思ってたけど、みたいじゃなくて本物のバカね。一人でやってなさい。あたしは世界を改造するのに忙しいんだから」

え？　今なんておっしゃいましたか。

「しわしわのババアになるまでこの迷宮をうろついてりゃいいのよ。フン！」

言い捨てて、冷ややかな気配が消えた。ピピは魔法の杖を下げて、ぐいと握りしめる。

怒りで鼻息が荒くなってます。

「しわしわのババアだって。何よ、あの言いぐさ」

言い捨てて息を整えると、静寂と沈黙が戻ってきてピピを押し包む。そう、一人ぼっち。永遠に。ババアになるまで。

――ホントに本当に？

と思ったら。

ドガガガガガがぁ～

何だ、このすごい騒音は。

洞窟の壁面が震動し始め、天井から細かな土埃《つちぼこり》が落ちてきた。ピピは慌てて身を縮め、両手で頭を守った。もしかして崩落？

バリバリズガン！　傍《かたわ》らの壁に、銀色のドリルの先端が飛び出した。ぐいんぐいんと回転し、洞窟の壁を壊しながら前進してくる。ピピの頭ぐらいの大きさのドリルだ。日曜大工でトンネルを掘るには手頃なサイズですね。

「誰が日曜大工でトンネル掘るの？」

ピピの素朴な疑問が聞こえたのか、ドリルは停止した。そして自分が穿《うが》った穴の向こうに引っ込み、そのぽっかりと丸い空間に、ピピがよく知っている顔が覗《のぞ》いた。いや、正確には顔というか、ボディの一部ですが。

「アシモフ！」

ロボッチがコンニチハ。

さて、そのころピノはというと。

「臭《くせ》えなあ」

ピピと同じく、薄暗い洞窟のなかを歩いておりますが、一人ぼっちではありません。で、鼻をつまんでおります。

「しつこく言うのは悪いんだけど、いじめてるわけじゃないんだよ。ホントにたまんんねえんだ。何とかならねえのかなあ、おまえのこの臭《にお》い」

おまえと呼びかけられ、臭い臭いとクサされている当の本人——本人と呼ぶのが正しいのかどうかわかりにくい存在は、どっさり生《は》えてる触手をうごめかしつつ、大きな頭を下げてペコペコしている。

こりゃまた、何と、人間サイズのクトゥルー系モンスターである。ぎょろりと剝《む》き出しの一つ目と、ぬるぬると冷たい質感の肌が、薄暗い洞窟のなかでも嫌な感じに鈍く光っております。

「気がついたらオレ一人になっててさ。誰かいないか探しながらトンネルのなかを歩ってたら、こいつを拾っちゃったんだ」

クトゥルーの眷属《けんぞく》としては小さくても、子供のピノよりは身の丈の高い怪物ですから、〈拾った〉という説明はあくまでも感覚的なものでしょうが、当の本人は触手をふるふるさせてうなずいております。

「こいつも一人ぼっちで、淋しくて泣いてたらしいんだよね」

迷子のクトゥルーだったのね。ところで、クトゥルーのモンスターって泣くんですか。

本人がまた触手をうねうね。それを見て、ピノが通訳。

「情に厚く涙もろい、おいらは〈はぐれクトゥルー純情派〉ですって言ってるよ」

なぜわかるの、ピノ。

「オレ、主人公だから」

最強の説明です。

「ともかく、クトゥルーのモンスターがいるってことは、ここは異次元のどっかなんだよなあ」

主人公の特権である手っ取り早い現状把握。

「この洞窟、ちょっと見覚えがあるような気もするんだけど、オレは異次元に来るのは初めてだから、気のせいだな」

こういうタイプのヒトはストレスが溜《た》まりません。

「それにしても臭《く》っせぇなあ。早くピピ姉《ねえ》を見つけて魔法をかけてもらおうぜ」

消臭の魔法なんてありましたか。

「『文官の怒りの雨あられ』でパリッと焼いてもらえば、臭いも消えるだろ」

というわけで、一人と一匹でザクザクぬるぬると歩いてゆくと、

「お～い、誰かいませんか～」

切羽《せっぱ》詰まっているのかいないのかはっきりしないSOSが聞こえてきました。

「お、あれはポーレの声だ！」

ピノはさっと駆け出す。はぐれクトゥルー純情派はぬるぬるのスピードを上げる。するとほどなく、緩やかに右カーブを描いている洞窟のトンネルの岩壁から、ポーレ君の

頭と右半身が生えているのを発見しました。僕は首から下の左半身が岩壁にめりこんでいるんです」

「作者さん、変な描写をしないでください。僕は首から下の左半身が岩壁にめりこんでいるんです」


そうとも言えます。

「うひゃあ、どうしたんだよ、ポーレ」

「ピノさん、ああよかった、助かりまし――ぎゃあああああ！」

後段の悲鳴は、もちろんポーレ君がクトゥルーの怪物に驚いて発したものです。

「あ、ごめんごめん、こいつはクトゥルーだけど敵じゃないから大丈夫だよ」

当の純情派も、触手の身振り手振りで丁重にご挨拶《あいさつ》をいたします。

「そ、そんなこと言われても、く、臭ぁ」

ポーレ君も鼻をつまみますが、しかし珍妙な状況に陥っているぞ。

「ポーレ、何でまたそんなになってんだ？」

「僕にもよくわかりませんが、『フィラデルフィア・エクスペリメント』的な現象が起きたんじゃないでしょうか」

駆逐艦をまるごと一隻テレポートする壮大な実験を試みて失敗したら、乗組員たちの身体がナゼか船体や甲板にめりこんじゃって大騒ぎ。無事だった主人公たちも、タイムワープ＋恋愛沙汰《ざた》の温《ぬる》いストーリー展開でじたばたしているうちにバカ映画の浅瀬で座礁してしまったという残念な作品。一応、マイケル・パレ主演（最近、作者のへそくりでも制作できそうな超低予算怪物バカ映画で久々に姿を見たら、無惨に老けていました。嗚呼《ああ》この世は無常。ファンの皆様には、『ストリート・オブ・ファイヤー』の思い出を大切にされるようお勧めいたします）。

はぐれクトゥルー純情派が触手でピノに話しかけ、ピノがポーレ君に通訳する。

「経験値なき者だから、壁に埋められちゃったんじゃないかってさ」

「失礼な。半分は無事ですよ。それより、ぼうっと見てないで助けてくれませんか」

ポーレ君の左半身はみっちりと岩壁にめりこんでいるので、闇雲に引っ張ってもただ本人が痛がるばかり。

「魯粛さんの〈お片付け〉で何とかならないでしょうか」

言われて気づいたピノだけど、召喚しても魯粛の掌《てのひら》は現れません。

「ここじゃ魔法が使えないみたいだ」

「ええ〜、どうしましょう」

すると、はぐれクトゥルー純情派（以下〈純情派〉と呼びます）がまた触手で発言。

「ポーレ、こいつが岩壁を溶かして引っ張り出してくれるってさ」

「げげ！」

ポーレ君らしくないリアクションですが、

「具体的にどんな方法をとるんですか。正確に岩壁だけ溶かせるんですか。僕まで巻き添えになりませんか」

疑ってしまうのも無理はありません。

「やらせてみりゃわかるんじゃねえの」

すぐ丸投げにするピノには、主人公としての責任感が足りないと思います。

純情派は、わさわさぬるぬるしている己の触手のなかから一本を選び出すと、その先端でポーレ君と岩壁の境目をなぞるように撫で始めた。と、あら不思議。岩壁が熱いコーヒーに落とし込まれた角砂糖のように溶けて崩れ始め、ぼろりぼろりと落ちてゆくではありませんか。

「へえ、凄《すご》いなあ。おまえ、その触手から酸を出せるのか？」

確かに、ちょっと目に染みる白い煙がうっすらと漂っていたりして。

「さ、酸？　危ないなあ。気をつけてくださいよ」

純情派は作業に集中しております。ほどなくしてポーレ君の左足首から先が岩壁を離れて自由になりました。

「ああ、助かった。クトゥルーさん、ほかのところもよろしくね。慌てなくていいから、慎重にね」

純情派は大きな一つ目を瞠《みは》り、使用していない他の触手をわさわさぬるぬるさせることもやめて、いっそう作業に集中します。

「こいつね、兄貴分と喧嘩して破門されちゃったんだってさ」

「心情としては知りたくないけど、事実を確認しておいた方がいいから質問しますが、その兄貴分は何というモンスターなんですか」

「めちゃくちゃ呼びにくい名前だったぞ。ニャンコのホイップクリームとか何とか」

ピノが笑うと、作業中の純情派の集中が乱れ、酸を分泌《ぶんぴつ》する指先がちょこっとずれちゃった。

「熱い！」

ポーレ君の悲鳴に、我に返った純情派は、もう全身の全触手をうねらせて平謝り。実はぬるぬるぐねぐねしたものが苦手なポーレ君は、足の裏まで鳥肌が立ちそう。

「いいよ、いいよ、気にしないで。そんなにおろおろしなくていいからさ。落ち着いて作業を続けてください」

冷汗だくだくのポーレ君をよそに、まだ思い出し笑いをしているピノ。「ニャントロせいじんのホップステップだったかなあ」

「もういいですよ、ピノさん。ところで僕、何か持ってるみたいなんです」

ピノはきりりとうなずく。「わかってるよ。おまえは何かを持ってる男だ、ポーレ」

ポーレ君はため息。「有り難いお言葉ですが、そういう意味じゃないんです。僕、この壁のなかで左手に何かを持っている――いえ、摑《つか》んでいるみたいなんです」

「何を？」

「自分じゃわからないんです。感触が伝わってくるだけですから」

ピノの目が好奇心で光った。「どんな感触だ？」

「ふわふわしてて柔らかいです」

「モンスターかな？」

早くも腰のガンブレードに手をかける。魔法が使えなくても、ピノは戦えますからね。

ポーレ君の目が泳ぐ。「そう逸《はや》らないで。危険なものとは思えません」

「けど、この壁のなかにあるんだろ？」

「僕の左半身と一緒に埋まってるんですから、そうでしょうね。僕よりも先に埋められていた可能性もあります」

純情派の作業が半分完了。ポーレ君は左脚が動くようになりました。

「はあ、体操して血流をよくしないとエコノミークラス症候群になっちゃうよ。ありがとう、クトゥルーさん」

「おい純情派、早くポーレの左手を掘り出してくれよ」

じゅわんじゅわんじゅわんと触手の先端が動き、ポーレ君の左手の親指が見えてきた。

純情派が、休ませていた他の触手を数本持ち上げて、ピノに語りかける。

「この先は微妙な作業になるってさ」

「じゃ、静かにしていましょう」

と言ってるそばから、
ドガガガガガがぁ～！

何だこの騒音は。天井から細かな岩の欠片《かけら》が落下してくるぞ。

「うわぁ、カンベンしてくださいよう」

おお、見よ。トンネルの天井がマンホールの蓋《ふた》みたいな形に切り取られてゆく。そのままずっぽ抜けて落っこちてきたら、ピノと純情派とポーレ君の頭に直撃だ。

「ごめん、ポーレ。オレたちは避《よ》けるから、ポーレはできるだけ壁にくっついてくれ」

「そんな殺生《せっしょう》な」

岩の欠片の落下が止まった。

ぐわんぐわんぐわん、きゅ～、すぽん。

間の抜けた音がして、切り抜かれた天井の蓋が取り除かれ、ぽっかりと空間が現れた。

そしてそこから、見覚えのある顔とお馴染《なじ》みのあの異臭が。

「うへ、青臭ぇ」

ということは、あいつだ。

「あ、ピノさん！　こんなところで何をしているんですか」

それはこっちの台詞《せりふ》だ、莢《さや》ニンゲン助手。

「おまえこそ！」

ピノの声に、莢ニンゲン助手を押しのけてカイ・ロウ博士も顔を出した。

「長靴の戦士君じゃないか」

そして次の瞬間には、二人して純情派を指さして絶叫する。

「わあ、怪物だぁあああああ〜！」

こういう段取りで行数を食うのは気が進まないんだけど、しょうがない。

「あ、こいつは味方だから平気だって」

雑念を払い、仏像を彫る円空《えんくう》の如《ごと》く集中している純情派は動じない。ポーレ君の左腕を無事に掘り出すために、一心に作業を続けている。

博士が命令。「莢ニンゲン君、量子分解銃を持て！」

助手が了解。「はい、ただ今」

ピノは狼狽《ろうばい》。「だから、こいつは敵じゃないんだってば」

「そうですそうです、作業の邪魔をしないでください。わ、わわわ、撃たないで」

純情派をかばおうとポーレ君が暴れると、左肩と左肘《ひだりひじ》が同時にずぼっと壁から抜けた。そのショックで残りの壁も脆《もろ》く崩れて、ポーレ君はピノに飛びつき、とっさのことでピノは彼を受け止めきれず、二人してこんがらがって地面に転がってしまった。

「大丈夫ですか、ピノさん！」

「学究の徒《と》の君、そのまま伏せていなさい。今、怪物をやっつけるぞ」

ちゃきん！　量子分解銃（どんな銃なのかなあ。タカヤマ画伯よろしく）の銃口を突きつけられ、はぐれクトゥルー純情派はその場に立ち尽くしたまま男泣き。ああ、どれほど真心を見せようと、怪物は人間から迫害される運命なのだ——

ピノが叫んだ。**「ちょっと待った！」**

わざわざ太字にするほど大きな声だったとご理解ください。

一同、かちんと凍結。しかし純情派の頰を流れる涙だけは止まらない。おお、ここに種族の壁を越え偏見を乗り越えて、心優しき怪物のために立ち上がる若者が一人いた——

「それ何だ、ポーレ」

依然、わざわざ太字にするほどの迫力ある問いかけ。で、何を問うているのかというと、ピノはポーレ君の左手がしっかりと摑んでいるものに注目しているのです。

「それ、見せてくれ」

ポーレ君はあたふたと身を起こす。「え？　これ？　すみませんピノさん、そこに触らないでください。へ？　僕も変なとこ触ってますか、ごめんなさい」

要領を得ないので、ピノはポーレ君の手からそれをもぎ取り、顔をくっつけるように

してよく検分した。
「これ――これは――」
ピノの顔に驚愕《きょうがく》の色が広がってゆく。

第9章
ためらいの迷宮・5

「これ――これは――」

驚愕《きょうがく》のあまり、ピノは目が飛び出しそうだ。

「これは――こんなにボロボロで――」

見守るポーレ君と純情派は固唾《かたず》を呑《の》む。天井の穴から見おろすカイ・ロウ博士と莢《さや》ニンゲン助手も手に汗を握る。

そしてピノは、震える声で言った。

「いったい何だ？」

わかってなかったのかよ。

ポーレ君と純情派は膝《ひざ》かっくん。

「ピノさん、単に驚いてるだけだったんですか？」

「おい純情派、おまえの膝ってどこだよ？」

今度はそっちかよ。

カイ・ロウ博士と莢ニンゲン助手も膝かっくんかっくんと落下。量子分解銃と、天井に穴を空けるのに使用したレーザーカッターみたいな道具も一緒に転がり落ちてきた。

「ち、力が入りません」

嘆く莢ニンゲン助手を、カイ・ロウ博士が助け起こす。

「何と人騒がせな。痛《いた》た、痛タタ、腰を打ってしまったぞ」

「まったく人騒がせな上に、無意味な行数かせぎの発言です。ピノさん、僕によく見せてください」

ポーレ君はピノの手からそれを取り返すと、じっくり検分した。

「確かにボロボロだし、壁のなかに埋もれていたせいでぺっちゃんこになってますが、ぬいぐるみですね」

この見解に、純情派も全身をうねうねさせて賛同し、ピノはまた鼻をつまむ。

「わかったわかった。余計に臭《にお》うから、あんまり興奮すンな」

ポーレ君は臭いなど気にならない様子。

「全体の形と、耳の位置から推すと動物のぬいぐるみですねえ。目鼻が取れちゃってるのでわかりにくいけど、犬や猫じゃなさそうだなあ。耳が短いから、兎《うさぎ》でもない」

純情派が触手で何かをアピール。ピノが鼻をつまんだまま通訳します。「大きさからして、クレーンゲームの景品じゃないかって言ってるぞ」

「だとすると、架空の生きもののぬいぐるみだという可能性も排除できないですね」

モーグリとかカーバンクルみたいなね。最近だと『妖《よう》〇ウォッチ』のキャラか。

落下の衝撃から何とか立ち直ったカイ・ロウ博士と莢ニンゲン助手は、身を寄せ合って、このやりとりに目を剝《む》いている。

「君、ポーレ君だったか。こんな怪物と意思疎通できるのかね？」

「はい。この純情派君はいいヤツですから」

「見かけは、私の方がまだしも人間的だと思いますけど……」

まだ量子分解銃を構えたそうな顔つきの莢ニンゲン助手は、不満げに呟《つぶや》く。

「まあ、そんなことにこだわらないで仲良くしてください。それにしてもこれ、壁土に汚れて見る影もないけど、もとは白かったんだろうなあ。それと、ここ」

ポーレ君はぬいぐるみの潰《つぶ》れた鼻（らしきところ）を指で示す。

「ここに繕《つくろ》った跡が残っています。きっと、大事にされていたものなんですよ」

「ふうん」

鼻先で言って、ピノは頭をぼりぼり。もう関心を失ってしまったようです。

「ま、いいや。そんなのほっといて、早く先に行こう。ピピ姉《ねえ》を探さなくちゃ」

ポーレ君は慌てる。「こんな意味深な現れ方をしたものなんですから、キーアイテムかもしれませんよ。ちゃんと保管しておきましょう」

そうだそうだと、博士と助手も唱和する。

「長靴の戦士君はどうも緊張感が足りんな。だいたい、なぜ私と莢ニンゲン助手がここにいるのか気にならんのか？」

そういえばそうだ。

「話の都合じゃねえの？」

身も蓋《ふた》もない発言であります。

「それはまあ、そうだけども」

博士も素直に認めないでください。

「今、ボッコニアンでは街や村の消失現象が続発しているんですよ」

莢ニンゲン助手が、もともと青い身体《からだ》でさらに青ざめて申し述べる。

「街や村が、どこからともなく湧《わ》き出てきた真っ黒な煙のような霧のようなものに包まれると、きれいさっぱり消えてしまうんです。建物も施設も、そこにいた人びとも、何から何まで消え失《う》せてしまうんです」

ポーレ君が目を瞠《みは》った。「それって、フネ村と同じだ！」

ピノは横目で莢ニンゲン助手を見る。「また、おまえらエージェントタイプ莢ニンゲンどもが悪さしてるんじゃねえの？」

「とんでもない！」

「そうですよ、とんでもないですよ！」

莢ニンゲン助手よりもさらに大きな声をあげて、ポーレ君が反対した。

「ピノさん、しっかりしてください。今さら莢ニンゲンたちなんかの仕業であるわけがない。ここまでの経緯からしても、この物語が終盤であることから推しても——」

「え？　もう終盤なのか。オレが主人公を張ってられる期間って、あとどのぐらいなの？」

「そんなことはどうでもいい！」

ポーレ君は激して顔が真っ赤だ。莢ニンゲン助手は限界まで真っ青だ。

「これらの現象はすべて、魔王の仕業に決まっています！」

ち〜ん。

どんなに正しい主張であれ、誰かが激高して怒鳴ったり叫んだりすると、その直後にはこういう気まずい沈黙が落ちるものであります。

「わかった、うん、わかった」

ピノはポーレ君に近づくと、その肩をぽんぽんと叩《たた》いた。

「混ぜっ返して悪かった。この現象は、いよいよ魔王が直接的に、オレたちに攻撃を仕掛けてきてるってことだよな」

みんなでうんうんとうなずき合う。が、

「え？　魔王のせいなのか？」

カイ・ロウ博士の疑義に、博士以外の面子《メンツ》（含む怪物）は膝かっくんかっくんかっくん。

「博士、どうぞお気を確かに」

しかし博士は大真面目《おおまじめ》だ。「君こそしっかりしたまえ、莢ニンゲン君。私らはここに、魔王なんぞを探しにきたのではなかったろう？」

「そういえばそうでした」

莢ニンゲン助手も我に返る。

「私たちは、続発する消失事件の原因が、スナップエンドウタイプ莢ニンゲンたちとロボッチたちがこしらえた物質瞬間転送機のせいではないかと心配になって、異次元ルートを調査しに来たのです」

カイ・ロウ博士がうなずく。「で、私が手早く発明した異次元世界専用3Dスキャナーで探査していて、この面妖な建造物を発見したもんだから、外壁を壊して内部に入り込もうとしたんだ」

だから、一緒に調査にきたロボッチのアシモフたちのチームも、どこか近くにいるはずだという。

「そっか。アシモフたちもいるのか」

喜ぶピノの傍《かたわ》らで、

「この面妖な建造物？」と、ポーレ君は驚いている。「外から見ると、ここは建物なんですか？」

「そうだよ。長いスプリングをいくつも絡み合わせたような形をしておる」

「そのものずばり、迷宮という感じです」と、莢ニンゲン助手。

「僕らは異次元のなかの迷宮にいる」

いわば二重に閉じ込められているのかと、ポーレ君は深刻顔。

「魔王も本気出してきたんだな……」

「そんな顔をしないで。閉じ込められちゃいませんよ。穴はどこにでも自由に空けられますから」と、莢ニンゲン助手はレーザーカッターを振りかざす。

「でも、『サンタ・マイラ代理戦争』の大詰めでは、そもそも異次元ルートに入り込んだら、そのまま帰還できない可能性が高いとか言ってませんでしたか？」

カイ・ロウ博士が胸を張る。「今は、私の異次元世界専用３Ｄスキャナーがあるから大丈夫なんだよ」

それもまた話の都合です。

「ま、いいや。早くピピ姉を見つけて、アシモフたちとも合流しようよ」

とっとと歩き出そうとするピノに、

「ですからピノさん。やっと話がもとに戻りましたけど、このぬいぐるみをどうしましょう？」

すると、純情派がすかさず触手のうちの一本を差し伸べてきた。

「君がキープしておいてくれるの？　そう、ありがとう」

ポーレ君が純情派にぬいぐるみを渡した瞬間、洞窟《どうくつ》のトンネルのなかに甲高い悲鳴が響き渡った。

「キャー、やめてぇ！」

一同（含む怪物）はびくりと固まった。

「ピピ姉か？」

「もしや近くで襲われてる？」

はぐれクトゥルー純情派は、大事なキーアイテムである（かもしれない）ぬいぐるみをきっちり保護しようと、ぬるぬるわさわさの触手の束の奥の方へとしまいこむ。

するとまた悲鳴。「やめてやめて！　臭くなっちゃう！」

一同（含む怪物）は互いに顔を見合わせた。

「ピピさんじゃありませんよ」

「うん。でも女の子の声だ」

純情派がぬるぬるずるずるの触手発言をし、ピノが通訳する。「ただいまの音声は聴覚器官を介して伝わったものではなく、一種のテレパシーだと言ってるぞ」

音声ではなく、思念だという意味です。

ポーレ君はあらためてしげしげと純情派を見つめる。「君、凄《すご》いね。さすがはニャルラトホテプの弟分だ」

ピノはまた笑っちゃう。「お、それそれ。こいつの兄貴分のニャンコポテトスープって、何なんだ？」

「ピノさん、どういう耳の構造をしてるんですか。ニャルラトホテプというのは別名を〈這《は》い寄る混沌《こんとん》〉といって――」

クトゥルー神話の邪神の大看板の一人で、『ワイルドアームズ』シリーズでは、メインのストーリーにはまったく関係ないザコなれど、法外な経験値とお金を持ってる宇宙人キャラとしてお馴染《なじ》み。作者もこいつを倒しまくってキャラを育てたものであります。

「ちが～う！」

テレパシーによる怒りの叫び。

「余計な話をしてないで、その化け物からポージーを取り上げなさい！」

化け物と罵《ののし》られた純情派、ショックのあまり立ちすくんで、また男泣き。カイ・ロウ博士は怪物の涙に興味津々。莢ニンゲン助手は腰が引け、ピノはムカッときた。

「てめえ、高飛車に命令しやがって、ふざけんじゃねえぞ。オレの仲間を泣かすな！」

と怒鳴っておいて、

「ん？　今なんて言った？　ポ、ポージー？」

ポーレ君はうなずく。「ええ、確かに〈ポージー〉と聞こえましたね」

「あの回廊図書館にいたヒツジですよね？」と、茨ニンゲン助手が言い、

「私もその名前には聞き覚えがあるようなないような」と、カイ・ロウ博士も丸い顎《あご》を撫《な》でる。

みんなのビビッドな反応に、純情派だけがぽかんとしている。

「君にはわからなくて当然だ。回廊図書館に行ってないからね。ぬいぐるみを出してみてくれる？」

ポーレ君の要請で、ぬるぬるわさわさと取り出された正体不明のぬいぐるみは、クトゥルーの粘液でべっちょり濡《ぬ》れております。

テレパシーが大騒ぎ。「きゃあああ〜！　汚いきたないキタナイ！　早く洗って！」

ポーレ君は再度ぬいぐるみを検分。今回は、ＣＳＩシリーズのベテラン検死官アル・ロビンス先生みたいなプロの眼差《まなざ》しで調べて、呟いた。

「そうだな、これ——羊のぬいぐるみだ」

ヒツジ。羊司書のポージー。

ピノがぱちんと手を打ち鳴らした。「あ、回廊図書館の司書じゃんか！」

「今気がついたんですか？　さっきの驚きは何だったんですか」

「いや、それよりも、オレはこの名前に聞き覚えがあるんだよ。長靴の戦士になるよりも、もっと前に」

過去にも何度か同じようなことを言っては曖昧《あいまい》なままだったピノの記憶が、やっときっちり蘇《よみがえ》りました。

「羊のぬいぐるみは、パレのお気に入りだったんだ。パレがまだ赤ん坊のころに、親父《おやじ》さんが買ってくれたんだって」

さあ皆さん、思い出してください。パレはピノと同い年の、幼馴染《おさななじ》みの女の子です。

「ポージーって名前は、パレのおふくろさんがつけたんだ。パレちゃんとポージーって、意味も合ってるしゴロがいいって」

どっちもハ行の破裂音です。でも、意味が合ってるってどういうことかしら。

「前にも説明しましたけど、パレはモルブディア王国の古語で〈神の子〉という意味です。ちなみに、僕の名前もそこから派生した言葉なんですけど」

物知りで物覚えのいいポーレ君がいてくれて、作者は助かります。

カイ・ロウ博士も感心している。「私は科学者で発明家だが、趣味は歴史学でな。ボツコニアンの古史と古語にはちょいと詳しい。君はよく勉強しているね」

ポーレ君は博士に一礼した。「ありがとうございます。ポージーは、同じく古語で

「〈万物の主《あるじ》〉、この世を創造した神を示す言葉ですよね」

「うむ、そのとおり」

おお、深い。純情派がまた感激して、大目玉をうるうる。莢ニンゲン助手も、量子分解銃とレーザーカッターを胸に抱え込んで神妙にしている。

で、ピノはといえば、せっかくの説明を聞いちゃいなくて、しきりと首をひねりながら昔のことを思い出してる。

「ポージーは安っぽいぬいぐるみだったけど、とぼけた可愛い顔をしててさ。パレはずっと大事にしてたんだ。鼻の横っちょのところがほころびちゃったときは、おふくろさんに頼んで繕ってもらってた」

回廊図書館で魔王に仕えていた羊司書のポージーさんも、鼻の頭の横っちょに繕った跡があった。

ポーレ君は真剣な顔つきになって確認する。「ピノさん。パレさんは、一昨年《おととし》の魔王記念日に、アクアテクから姿を消してしまったんですよね？」

「うん。養父母の家——〈カンラガンラ〉っていうレストランを経営してたんだけど、パレはそこから家出しちゃったんだ」

ポーレ君は思い出す。パレの失踪《しっそう》した魔王記念日に、ブント教授が所属している（ポーレ君憧《あこが》れの）歴史家協会は、魔王の居城の遺跡で恒例の儀式を執《と》り行っていて、

「地上の祈りが魔王に届いたと感じた――つまり魔王の交代が行われたのではないかと推測していました」

消えたパレ。同日に起こった魔王の交代。そしてここ、魔王が異次元に造りあげ、ピノたちを閉じ込めた（招き入れた）迷宮には、パレの持ち物。

これらの事実を取りまとめると、どのような仮説が導き出されるか？

ポーレ君の頰《ほお》が強張《こわば》る。「ピノさん、残念ですが、パレさんは魔王に――」

「うん、そうだな！」と、ピノは叫んだ。

「パレも魔王に誘拐されて、ここにいるンだな！」

ピノ以外の一同（含む怪物）は膝かっくんかっくんかっくんかっくん。

「えっと、まあその、話の流れとエモーションを無視して、可能性だけを考えるならそれもアリですが」

倒れかかるポーレ君を、純情派がわさわさぬるぬると触手で支えます。

「だったら、パレも探そう！　探して助け出して、一緒にフネ村へ帰るんだ」

ピノは拳《こぶし》を突き上げる。カイ・ロウ博士は苦笑い。

「現状では、フネ村そのものも探し出さないとならんがね」

とにもかくにも迷宮のなかを歩き出す一同。はぐれクトゥルー純情派と莢ニンゲン助手が揃《そろ》うと、それぞれの特徴的な臭いが打ち消し合って、臭さも半減。ピノはぐっと元

気が出て参りました。

その後ろ姿を見送って、女の子のテレパシーがぽつりと呟く。

――ピノ、あたしのことを覚えててくれたんだ。

これは独り言テレパシーなので、誰にも聞こえません。ちょっぴり嬉《うれ》しそうな感じで、うふふと忍び笑いも漏れたりして。

で、ため息混じりにもうひと言。

――でも、相変わらずバカだわ。

そのころ、迷宮のほかの場所では、場違いに陽気な歌声が響いていた。

「風のなかの～♪　羽根のように～♪」

こんな場所でこんな歌を朗々と唄《うた》えるほど能天気な剛《ごう》の者といったら、あの方しかおりません。

「オンナごころは～♪　気まぐれよ～♪　だから愛《いと》おしいのさぁ～♪」

ほらホラ Horror の村の研究所産の恨めし顔霊体傭兵《ようへい》軍団を引き連れた郭嘉であります。さっきピピが呼んだときは応答しなかったのに、いたのね。ここで何しているんでしょう。

「何って、我々もこの調査活動に参加しているんですよ」

そうそう、カクちゃんと霊体傭兵軍団は、異次元ルートに平気で出入りできるのでしたね。

「カイ・ロウ博士から聞いてませんか」

博士は、アシモフたちのことしか言ってなかったよね。

カクちゃん、渋い顔。「あの博士は、意外と器《うつわ》が小さい人なんですねえ。我々のような超科学的な存在が面白くなくて、何気に無視するなんて」

単に、うさんくさいカクちゃんと気が合わないだけかもしれませんけど。

さて、すいすいと浮遊移動する郭嘉と霊体傭兵軍団。彼らは異次元ルートに一度来たことがあるし、実体を持たない霊体には、そも〈場所〉というものにあんまり意味がない。ストレスも感じずに調査活動（といっても単に目視しているだけですが）を続けているのですが、先ほどから、かすかにカクちゃんの鼻に匂うものがある。

臭いではない。匂いです。カクちゃんにとっては好ましいパフューム的なもの。

「でも、私にはかなり若過ぎますね」

　未成熟なフェロモンの香り。

「つまり、少女の気配が感じられるのです。ピピさんかもしれませんね。我が軍団よ、私の嗅覚《きゆうかく》の導きに従って前進だ！」

　霊体には匂いがわかるのか？　なんて細かいことは気にしないでね。

　カクちゃんと霊体傭兵軍団、前進前進また前進。彼らはパコレプキンのように壁を通り抜けることができるので、ひたすら直進したりいきなり九〇度曲がったり上下逆さまになってみたり、でたらめな進み方をしているあいだに、探索中のハインライン率いるロボッチ別働隊の頭上を通過してしまいました。

「おお、彼らはここにいるんですね。アシモフたちはどこかな。けっこう広いですね」

　そのあいだにも、カクちゃんの鼻にはずうっと、未成熟なフェロモンが匂っている。

「となると、これは――」

　皆さんお忘れかもしれませんが、生前の郭嘉は曹操《そうそう》の優れた参謀だったので、ただの女好きの愚か者ではありません。ちゃんと考えたり、推測したりできるのです。

「この迷宮そのものが、少女のフェロモンで出来ているということなのかなあ」

　すると、カクちゃん配下の霊体傭兵軍団がさざめき立った。一丁前に動揺しているらしい。

「君たち、なぜ動揺する？　え？　少女のフェロモンじゃなくて、少女の魔力だって？」

カクちゃん、でへへとエロ笑い。

「わかってないねえ、君たち。それを言うなら魔力じゃなくて、少女の魔法だよ。女性はみんな、男を惑わす魔法の使い手なんだ」

違います違いますと霊体傭兵軍団。

「この魔力はただの少女のものじゃなく、魔王のものだって？」

エロ笑いを引っ込めて、数秒間だけ真顔で考えるカクちゃん。

「だったら、魔王が少女だってことか」

霊体傭兵軍団はふるふるとうなずく。するとカクちゃん、もっとでへへのエロエロ笑い。

「少女なのに魔王？　じゃあ、成長したら魔女の王か。いいねえ！　『ベオウルフ』のジョリ姐《ねえ》みたいな、デンジャラスでゴージャスな悪女になるに違いない」

アンジェリーナ・ジョリーのことを、一部の通《つう》は〈ジョリ姐〉と呼びます。

そのときである。行き当たりばったりに前進してきたカクちゃんたち、いきなり広い場所に出た。複数のトンネルが合流して、東京ドームと同じぐらいの大きな空間を形成している。

その隅っこに新生ボッコちゃんを停留させ、三本脚の足元に座り込んで、ルイセンコ博士が水筒のお茶を飲んでおります。

「おお、ルイセンコ博士！　あなたもここに？　何をしておられるのですか」

浮遊急停止のカクちゃんを見上げて、博士はのんびりと答える。「見てのとおりだ。ぴいと息入れてるんだよ」

〈あんまん〉があるといいのにな、と言う。

「二軍三国志のパにいるあいだに、ワシもすっかりあの味にパマッてしまった」

「それはありがとうございます。でも、わざわざお茶するためにここにいらしたわけではないのでしょう？　博士も調査に駆り出されたのですね」

いんや――と、博士は首を振る。「ワシはワシの任務で来ておる。ぷう」

ふうとため息をついたのです。

「そろそろ最後の戦いになるのでな。ワシは〈門番〉として立ち会わねハならん」

カクちゃんは訝《いぶか》しんで目を細める。「博士、ハ行の発音がおかしいですね」

「ん、そうか？」

ルイセンコ博士は鼻の頭を掻《か》いて苦笑い。

「いかんなあ。今の魔王の、これがいちばん厄介な問題じゃ」

カクちゃんは浮遊したまま姿勢を正した。背後の霊体傭兵軍団も整列する。何か大事な話が始まるらしいぞ。

「それはどういうことでしょう、博士」

ルイセンコ博士は水筒のコップのお茶を飲み干すと、言った。

「今の魔王——正確には〈今の魔王になっている人間〉には、まだ舌が回りきらない幼児のころ、ハ行の発音がおかしいという癖があったんだ」

それはその人間にとって楽しい思い出だったので、魔王と化した後も、特性のひとつとして残ってしまった。

「だから魔王の側近や、〈門番〉であるワシなど、ボッコニアンの〈魔王システム〉を形成している者も、その影響を受けてしまってな。ときどきハ行の発音がおかしくなる。そうそう、普通の人間でも、魔王の気を浴びて一時的にそうなる場合があるんだ」

皆さん、お手数をおかけしますが、またまた思い出してください。回廊図書館の羊司書ポージーさんの部屋で、カイ・ロウ博士のハ行の発音がおかしくなったことを。

カクちゃんはこのエピソードを知らないので、「へえ、そうですか」と素っ気ない。

「何にせよ、聞き苦しいので意識して直した方がよろしいかと存じます。ところで——」

ここでカクちゃん、あっさりと話題を転換。基本的に唯《ゆい》我《が》独尊《どくそん》のヒトは、よくこういうことをしますよね。

「博士、この迷宮には少女のフェロモンの匂いが立ちこめています」

ルイセンコ博士はしみじみと感心する。「君はそういうことには敏感だよなあ」

「丞相《じょうしょう》の参謀たる者、すべてにおいて敏感でなくてはなりません、ということは置いといて」

カクちゃん、一〇〇パーセントの真剣顔。

「少女のフェロモンとは、すなわち魔力の匂い。となるとこの迷宮は、少女の魔法の力で形成されていると思われます。それはつまり――」

「つまり？」と、ルイセンコ博士は眉毛《まゆげ》を持ち上げる。「つまり何だと？」

郭嘉は言った。「今の魔王は少女――」

「あ、カクちゃんだぁぁあ〜！」

こちらも間違いなく少女のピピ、異次元の迷宮内で郭嘉を発見。アシモフ率いるロボッチ調査隊本隊も一緒だ。

「長靴の戦士、片割れがまず到着か」

ルイセンコ博士がにっこりしたところで、以下次節。

第9章
ためらいの迷宮・6

再会を喜ぶピピと郭嘉の傍《かたわ》らで、アシモフたちロボッチ調査隊本隊と恨めし顔霊体傭《よう》兵《へい》軍団は、それぞれの探索結果を報告し合う。さらにその傍らで、ルイセンコ博士が新生ボッコちゃんの機体まわりを掃除している。ここが異次元空間のただ中に構成された不可思議な迷宮であることを忘れさせるような、心温まる風景でございます。

「カクちゃん、あたしさっき、ひどい悪口を言われたのよ」

どこからともなく聞こえてきた正体不明の声の主との口喧嘩《くちげんか》の模様を説明するピピは、思い出したように憤慨して口を尖《とが》らせる。

「あたしのこと生意気だとか、本物のバカだとか、挙げ句の果てにはババアだとか」

「本当にひどいですねえ。私の大切な未来の閉月羞花《へいげつしゅうか》の君に向かって、失礼千万です」

カクちゃんの言に、恨めし顔霊体傭兵軍団もざわざわと同意を表明する。かつては彼らを一目見るだけでキャア！ と叫んで逃げ出していたくせに、今では親しみも湧《わ》いていて、自分の味方をしてくれるとなればさらに頼もしく、ピピはみるみる機嫌を直します。

「その声はどんな感じでした？」

「女の子の声よ。たぶん、あたしと同じくらいの年頃ね」

それにね——と、ピピはちょっと顔をしかめる。

「口喧嘩してたときはカッカしてたし、出し抜けだったからそこまで気が回らなかったんだけど、その女の子の声を、あたし、魔王の闘技場でも聞いた覚えがあるの」

ピピはカクちゃんに、闘技場のエピソードを語る。

「今思えば、あれはあたしたちみんなを集めて一網打尽にするための、魔王の罠《わな》だったわけよ」

ふむふむと、郭嘉もうなずく。「その推測は妥当ですね」

「で、あたしたちを真《ま》っ暗闇《くらやみ》のなかに呑《の》み込むとき、甘ったるい声がこう言ったの」

——そろそろいいわね。

「その声が、さっきの女の子の声なのよ。間違いないわ」

カクちゃん、腕組みをしてピピの顔を見つめる。「実は私も、この迷宮に少女のフェロモンが満ちているのを感じるのですよ。先ほども、ルイセンコ博士とその話をしていたところなのですが——」

二人で博士と新生ボッコちゃんの方を振り仰ぎ、ピピが「きゃ！」と声をあげた。

「危ない、博士、気をつけて」

　ルイセンコ博士は新生ボッコちゃんの機体によじのぼり、人間でいうなら顎《あご》にあたる部分を拭《ふ》いている（クイックルワイパーを使用）。で、足を滑らせたのだった。

「ワシのことなら心配するな」

「今ここで、そんなに丁寧に掃除することもないと思うけど」

「いよいよこいつの晴れ舞台だからな。身ぎれいにしておいてやりたいんじゃ」

「晴れ舞台？」

「博士は〈門番〉として、最後の戦いに立ち会わねばならないのだそうですよ」

　最後の戦い――と呟《つぶや》いて、ピピは表情を引き締めた。

「やっぱり、ここがラストダンジョンなのね。ここを突破すると、魔王とのラスボス戦が待っているのね」

「その前に飛行艇で各地を飛び回り、サブイベントをこなしたり、強力な武器や防具をゲットしたりしないでよろしいんでしょうかね？」

　それをやってると連載が長引きますので割愛させていただきます。

「じゃあせめて、この迷宮で手強《てごわ》いモンスターと戦って、最後の経験値稼ぎをするというのはいかがでしょう？」

　ここにはモンスターはいません。

「大丈夫よ、カクちゃん」ピピは晴れやかに笑ってみせた。「そんなことをしなくても、ピノもあたしも充分強くなってるから」

すると、新生ボッコちゃんの頭のてっぺんへよじ登りながら、ルイセンコ博士がピピに問いかけてきた。「だが、心の強さの方はどうかいな」

「心の強さ？」

「魔王の正体が誰だかわかっても、戦って倒す心の用意はできているかという意味じゃ」

魔王の正体――

「さっきの女の子なのよね」と、ピピ。

「はい、そう思います」と郭嘉。「ピピさん、心当たりがおありでしょうか。ルイセンコ博士によると、今の魔王は、まだ舌が回りきらない幼児のころ、ハ行の発音がおかしいという癖があったのだそうです。それが楽しい思い出だったので、魔王になっても特性のひとつとして残っている」

だから、ボッコニアンの〈魔王システム〉を形成している者もその影響を受けて、ときどきハ行の発音がおかしくなるという、これは前節のおさらい。

ピピは一瞬、怖いほど張り詰めた眼差《まなざ》しになった。

「カクちゃん。あたしは、そういう女の子に心当たりはないわ。でも、闘技場であの甘ったるい声が聞こえてきたとき、ピノが動揺したの」

——今の声、まさか今のが魔王なのかな。

「ピノは、あの声の主が誰だかわかったみたいだった。それにね、ピノには幼馴染《おさなじ》みがいるの。一昨年《おととし》の魔王記念日に、アクアテクから姿を消してしまったきりの女の子よ」

その子の名前は、パレ。

「パレちゃん、ですか」

郭嘉も真顔になった。

「その子が幼いころ、自分の名前がうまく発音できずに、ハレとかバレとか言ってしまって、両親や周囲の大人たちが笑い、本人も笑う。もしもそうだったとしたら、なるほど微笑《ほほえ》ましくて幸せな思い出ですねえ」

ピピは言った。「でもパレちゃんは、お父さんにもお母さんにも捨てられちゃったのよ。それを恨んで、悲しんで、自分はもう誰も信じないし誰にも心を許さないって、ピノに宣言したんだって」

魔王となるにふさわしい、暗い過去と深い心の傷ではないか。

「ま、でもあたしは平気よ」

ピピはからりと言って、歯を見せて笑った。

「ピノの大事な幼馴染みが魔王になっちゃってるなら、いっそう気合いを入れて戦って、そいつの曲がった性根をたたき直してやらないとね」

カクちゃん、浮遊しながらちょっと腰が引けました。

「先方も、あなたのそういう覚悟を察知しているので、早々に喧嘩を売ってきたんじゃありませんかねえ」

「うん。そう考えるとすっきりするわ」

「フェミニストの私には、対戦格闘ゲームで女性キャラ同士を戦わせて喜ぶ趣味はありませんので、穏便に話し合いで解決することを望みます」

ここで、郭嘉の頭上の輪っかがパッと明るくなった。本人の表情も晴れる。

「それにピピさん、そもそもこのボツの世界では、伝説の長靴の戦士が必ず魔王と戦わねばならない決まりはないはずでしょう？　この世界をより良くするために、魔王と交渉する——ずいぶん前のことですが、それが長靴の戦士の役目だと、作者はそう書いていませんでしたか？」

書いた記憶はありますが。

「そんなの、もう時効よ」

ピピが作者の気持ちを代弁してくれました。

「今の魔王は、ボツコニアンの街や村や住人たちを黒雲に呑み込んで消し去っているのよ。そんなの、破壊神のやり口よ。ゴジラと一緒じゃない。建設的な話し合いなんてできるわけないわ」

　そうだ、そうだ。

「うちの作者が、どんなに勧められても『どうぶつの森』をプレイしないのは」

バトルのないファンタジーなんかやってられっか！

「と思っているからよ。ここまで来て戦わないで済むわけないじゃない！」

　と、そのとき。

「うごぎゃあああうぶぐがががあぁ！」

　ピピの猛々《たけだけ》しい戦闘宣言を待っていたかのように、迷宮のどこかで鋭い悲鳴が響き渡った。

「今の、何？」

　すっかりくつろいで休止モードに入っていたロボッチたちも、空気に溶け込んで輪郭がボケかけていた恨めし顔霊体傭兵軍団も、一気に集中力を取り戻して整列する。

　いつの間にやら新生ボッコちゃんの頭のてっぺんで座禅を組んでいたルイセンコ博士が、「来たようだな」と言った。

「うぶるうぎゃあぁごれぐぎいいいいい！」

　人間のものとは思えない、甲高《かんだか》く裏返っていながらすべての発音に濁点がついているような、けったいな悲鳴が接近してくる。

どこから？

カクちゃんがふわりと移動して足元を見おろす。「下からか？」

近づいてくると、悲鳴に人間の声も混じり始めた。

「おい、落ち着け純情派！」

「そんなに暴れたら触手が千切《ちぎ》れちゃいますよ！　ああ、危ない、頭をぶつける！」

「莢《さや》ニンゲン君、量子分解銃！」

「はい、ただ今！　量子分解ビームチャージ、五〇パーセント、七〇パーセント、九〇パーセント、チャージ完了、標的ロックオン！」

ピピやアシモフたちが立ちすくみ、郭嘉と恨めし顔霊体傭兵軍団が浮遊するあたりの地面が、全体的に青白く発光し始めた。

「みなサン、タイヒしてクダサイ！」

警告を発するが早いかアシモフはピピを抱き上げて肩車、ロボッチたちと逃げ出し、郭嘉たちはびゅびゅんと高速浮遊移動。

次の瞬間、さっきまでみんながいた場所の地面がきれいさっぱり消えてなくなり、大穴が空いた。閃光《せんこう》が溢《あふ》れ出してピピの目を射る！

と、光のなかに何かが飛び出してきた。真っ黒くてぬるぬるで触手ぐちゅぐちゅの大目玉は、はぐれクトゥルー純情派ではありませんか。

地面の穴から飛び出した純情派は、その勢いのまま天井に激突しかける。彼の触手にしがみついていたピノとポーレ君が、渾身《こんしん》の力でその軌道を変え、純情派はきわどいところで九〇度横倒しになって地面に落下した。

「ぎょぶぇぇぇぐわらぁあああ！」

触手をわななかせて身悶《みもだ》えし、大目玉から大量の涙を流して悲鳴をあげ続ける純情派。まずピノが、続いてポーレ君がうごめく触手をかきわけて身を起こすと、

「しっかりしろ、純情派！」

「まずい、白目を剝《む》いてます！」

ピピたちはみんな、ぽか～ん。

「ピノ？　ポーレ君？」

「あ、ピピ姉《ねえ》！」

「これはいったいどうしたことです？　そいつはモンスターじゃありませんか」

郭嘉は頭上の輪っかをレーザー銃モードに、ピピもアシモフに肩車してもらったまま魔法の杖《つえ》を構える。

「みんな気をつけて！　クトゥルーのねちょねちょモンスターよ！」

ピノは純情派に馬乗りになってその悶絶《もんぜつ》を押さえ込み、ポーレ君は両手を広げてみんなの前に進み出る。

「待って、待ってください、攻撃しないで。このクトゥルー君は敵じゃありません」

「オレが、拾っちゃった、仲間なんだ」

純情派は泡を噴きながら暴れ続ける。ピノは振り落とされないように必死のロデオだ。

「おい、おとなしく、しろって」

ピピは戦闘態勢のままだ。「仲間なら、どうしてそんなに暴れるのよ？」

「苦しんでるんです！」ポーレ君が叫ぶ。「どうやら魔王に精神攻撃を受けているらしいんですよ」

ピピが肩車から落ちないよう、アームで支えつつアシモフが進み出る。

「もしや、テレパシーによるコウゲキでは？」

すると、ようやく眩《まばゆ》いビーム光が薄れた穴の底から、カイ・ロウ博士の声がした。

「今のはアシモフか？」

アシモフはきこっと首を回す。「ハカセですか？」

「私もいますよ！」と叫ぶのは莢ニンゲン助手である。どうりで青汁の臭《にお》いがするはずだ。

「アシモフ、磁力線シールドを展開して彼を助けてやれないか？」

「モウシわけありません、ハカセ。オプションのシールドそうびはハインラインにかしてありマス」

ピピはアシモフの首っ玉につかまったまま、

「ピノ、どうして魔王がこのモンスターを攻撃してるってわかるの？」

「こいつ、魔王に嫌われてるんだ。いや、たぶんあれが魔王なんだろうと思うんだけど」

「たぶんじゃなくて確実に魔王ですよ！」

ポーレ君は苦しみ悶える純情派の触手に横っ面をはたかれて転倒する。

「皆さん、手を貸してください。このままだと純情派君は、自分の頭を壁にぶつけてかち割ってしまいます！」

ホント、ピノが必死で押さえ込んでいるのに、純情派は彼を乗せたまんま壁際まで悶え這《は》っていって、頭を振り立てようとする。

「女の子はこういう気持ち悪いモンスターが嫌いだからね。フン」

ピピは吐き捨て、魔法の杖を振り上げた。

「もっと気持ち悪いものを出して、気をそらしてあげる。わらわら、出ておいで！」

わらわら軍団、召喚！　それはつまり、すっかり慣れてしまったピピには何でもないけれど、たいていの女の子には我慢ならない芋虫の大群が現れたということだ。

効果はてきめんだった。

「きゃあああああ、芋虫！」

絹を裂くような悲鳴が響き渡り、迷宮全体がずしんと揺れた。と思ったら、純情派の悶絶がぴたりと止まった。

「ぐふうう、ぎゅるるる、ぐう」

喘鳴《ぜんめい》のような声を漏らし、ぐったりと目を閉じて横たわる。

「お、おさまった――」

ポーレ君がへたへたと座り込み、ピノは純情派の上から降りて、顔の汗を拭《ぬぐ》った。

「二人ともお怪我《けが》はありませんか」

郭嘉の問いかけに、「うん、オレらは何でもない」

量子分解銃で穿《うが》たれた大穴から、ロボッチたちがカイ・ロウ博士と莢ニンゲン助手を引き上げる。莢《あざ》ニンゲン助手の青い身体《からだ》の一部、上から二番目と四番目の豆が収まっているあたりに痣ができている。純情派の触手にぶたれたせいでありましょう。

「わらわら、戻っておいで。ご苦労さま」

ピピはわらわらたちを呼び戻し、魔法の杖を腰に収めて、アシモフの肩からするりと降りた。

「ピノったら、何でまたこんなクトゥルー系モンスターなんかを拾うのよ」

「だって、出会っちゃったんだよ」

というわけで、ここまでのお話をまたおさらいしつつ、小休止。アシモフたちが持ち運んできた携帯食糧や水筒を出して、軽く食事をとることになったピノピたちです。

「やっぱり、魔王の正体は――」

青ざめるポーレ君。もともと青い上に、できたての痣が早くも青たんになり始めている莢ニンゲン助手が、大丈夫ですかと寄り添う。

「僕より、君こそ大丈夫？」

瀕死《ひんし》の純情派を助けるため、第四豆に蓄えてあった自己治癒《ちゆ》用の青汁を放出してしまった莢ニンゲン助手である。

「私の青汁は、また自然に溜《た》まりますからご心配なく」

「それにしても、クトゥルー系のモンスターにも効くとはねえ」

「抗酸化酵素がたくさん含まれているので、たいていの生きものに有効なんですよ」

手当てが済んで、純情派は眠っている。ピノは携帯食糧をがっついている。郭嘉とアシモフたちと恨めし顔霊体傭兵軍団は、二手に分かれて迷宮の偵察に出かけた。カイ・ロウ博士謹製の異次元世界専用３Ｄスキャナーによると、ハインラインたちの別働隊も近くに来ているらしい。

少し離れたところに駐《と》めてある新生ボッコちゃんの頭のてっぺんでは、ルイセンコ博士がうたた寝をしている。ときどき寝言が聞こえてくる。

「わったし～は～♪　科学者ぁ～♪」

何かいい夢を見ていると思われます。

「ここは魔王の迷宮で、あたしたちは今、魔王の手の内でうろうろしてるのよね」

忌ま忌ましげに口元を歪《ゆが》めて、ピピが言う。

「だから一方的に攻撃を受けたり、悪口を言われたりする。どうにかしてここを突破しなくっちゃ」

「そうですね。でもピピさん」

まだ携帯食糧をがつがつしているピノの様子を横目で窺《うかが》い、ポーレ君がそっと呟く。

「ラストバトルに向かう覚悟はできていますか。魔王はピノさんの」

幼馴染みの可愛いパレちゃんだ。

「だからどうしたっての？」

ピピはよりいっそう戦闘的になっている。

「こいつ、いいヤツなんでしょ？」

眠っている純情派に目をやる。

「はい」

「なのに、外見が気持ち悪い怪物だからって、パレはこいつを、ピノとポーレ君の目の前で殺そうとしたのよ。許せないわよ」

カイ・ロウ博士がつるりとした頭を掻《か》いて、

「まあ、それ以前に、このまま放っておいたら、魔王は我々のボッコニアンをすべて消し去ってしまうだろうからな」

食い止めないといけません。

「王都の緊急対策会議では、まだ消されずに残っている街や村の住人たちを集めて、我々の円盤に避難させる計画を立てています。本当にいざというときには、ボッコニアンの生き残り全員で、我らがフォボスに移住していただくこともできますが」

莢ニンゲン助手は、ピピが凶悪な半眼になったのを見て、これ以上は不可能なほどに青くなった。

「――そんな事態にはなりませんよね」

「ええ。魔王はあたしが倒す」

歯を食いしばるので、ぎりぎりと音がする。

「ピピさん、あんまり感情的にならないでください」とポーレ君。「ピノさんにはいろいろ複雑な葛藤《かっとう》があると思いますから」

当の本人は、ようやく満腹したのか、両脚を投げ出してお腹《なか》をさすりながらゲップをしてますけど。

「今のピノはただの男の子じゃなくて、伝説の長靴の戦士よ。ボッコニアンを救うためなら、私情なんか切り捨てて魔王と戦うわ」

　当の本人は何も聞いちゃいません。

「あ〜、ずっと歩きづめで疲れたなあ。腹いっぱいで眠くなっちゃった」

　ピピがさらに凶悪な目つきになり、ポーレ君は片手で目を覆い、莢ニンゲン助手はただのインゲン豆になったふりをし、カイ・ロウ博士は気まずそうに咳払《せきばら》い。

「こ、この迷宮は、外側から見るとＤＮＡの二重螺旋《にじゅうらせん》モデルに似ていてなあ。しかし、どこが始点でどこが終点なのか、残念ながら私の３Ｄスキャナーを使っても突き止められないのだよ」

「くまなく探索して出口を探すしかないってことになりますね」

「そんな悠長なことしないで、量子分解銃で壁をぶち抜いて、外へ出ましょう」

「異次元ルートへ？　危険ですよ」

「あたしたちが迷宮から出ちゃったら、魔王も焦るでしょ。何か仕掛けてくるわ。そうなったら間髪《かんはつ》入れずにバトル開始よ」

　キコキコ、ピー。にぎやかな機械音が、迷宮の通路の奥から聞こえてきた。

「お、アシモフだ。戻ってきたぞ」

　アシモフたちだけではない。ハインラインの別働隊ロボッチたちも一緒だ。

「お〜い、皆さん、我々も引き返して参りましたよ〜」

郭嘉の呑気《のんき》な呼びかけも聞こえてきた。

ピピたちは気づかなかったけれど、新生ボッコちゃんの頭のてっぺんで寝こけていたルイセンコ博士が、ここで目を覚ましてむくりと身を起こした。

「迷宮のこの方向の先にも、何もありません。延々と同じ景色が続いているだけでした」

カクちゃん、退屈したような顔だ。

「敏感な私の鼻も、さすがにここのフェロモンに慣れてしまって、もう何も匂《にお》いません。新鮮なフェロモンが香る場所に、早くたどり着きたいものです」

ピピがすっくと立ち上がった。「そうね。だから外へ出るわよ。ピノ、起きなさい」

ピノは寝ぼけ顔でむにゃむにゃ。「アヤコさん、もう食えないよ」

何かいい夢を見ていたようです。

「ご一同、お揃《そろ》いだな」

ルイセンコ博士の発言だ。見上げると、博士は新生ボッコちゃんの頭のてっぺんで、なぜか正座している。

「まあ、しばしご静聴を願いたい」

ここで講演ですか？

「この迷宮には正式な名称があってな」

ためらいの迷宮という。

「ボッコニアンの歴史では、これまで何度も魔王が交代し、その魔王に挑む伝説の長靴の戦士が現れてきた」

どのケースでも、ラストダンジョンとなるのは魔王が造った迷宮であり、その名称はためらいの迷宮となる。

「魔王の魔力の種類や、魔王がかつて人間だったころの性格によって、形成されるラストダンジョンの形状は様々に異なる。だが、名称だけは常に同じ。その理由はふたつある」

かすかな威風さえ漂わせるルイセンコ博士の口調と態度に、みんな新生ボッコちゃんの頭のてっぺんを仰いで動かない。

「理由のひとつは、ここが、伝説の長靴の戦士が魔王の正体を知り、それと戦うことをためらう場所であるからだ」

ポーレ君がピノの横顔を見る。ピノはとくだん変わった様子もなく、寝起きの目を擦《こす》っている。

「理由の二つ目は――」

ルイセンコ博士は、新生ボッコちゃんの頭のてっぺんで、ちょこっと脇《わき》に移動した。

「ここへ至るまでの長靴の戦士の旅路を見守ってきた〈門番〉が、彼らにそれなりの親愛の情を覚えてしまって、いよいよ自分の本来の役目を果たすことに、かすかなためらいを覚えるからだ」

ルイセンコ博士は一同を見おろす。一同は見上げる。

ピピがちょっとくちびるを噛《か》み、それからゆっくりと問いかけた。

「〈門番〉の本来の役目？」

「ああ、そうじゃ」

ルイセンコ博士は、新生ボッコちゃんの頭部のハッチに手をかけた。

「魔王の居城に通じるラストダンジョンを守る。それこそがワシ、〈門番〉の仕事」

「そんな——」ポーレ君の声がかすれた。

「あなたも魔王の側の存在だったんですか」

郭嘉がため息混じりに呟く。

「〈門番〉という肩書きの意味を、もっと早く悟っているべきでした。ピノピさん、参謀としての私はまだまだ未熟です」

ピピは凜《りん》として、まばたきもしない。

「それはつまり、あたしたちはこれから博士と戦わなくちゃならないってこと？」

「残念ながら、そういうことじゃ」

最後の戦いに立ち会うって、そっちの意味だったんですか。ちょっとズルくない？

ピノは大あくびしている。「博士ぇ、オレら、すごく強くなってンだよ」

「ああ、知っとるよ」

「新生ボッコちゃんだって、目じゃねえよ」

カイ・ロウ博士も負けずに一歩前に出る。「私の量子分解銃もあるからな！」

誰もその発言には反応しない。ロボッチたちはキコキコピピピッ！　と戦闘態勢に入り、恨めし顔霊体傭兵軍団たちは郭嘉の指令を待って結束する。ポーレ君はショックで立ちすくんでいるけれど、莢ニンゲン助手は、まだ眠っている純情派を抱えて隠れるところを探している。

「そうかな。君たちは新生ボッコちゃんの真の姿を知らんだろう」

「ブラックホールに飛び込んだときと同

じ装備だし、外見も変わってねえじゃんか」

「だが、ソフトが更新されているのだ」

ルイセンコ博士は、ひらりと新生ボッコちゃんの操縦席に乗り込んだ。ハッチの蓋《ふた》が閉まり、圧搾《あっさく》空気の抜ける音がする。

「ボッコちゃんの最終完成機体、アルティメットバージョンは——」

マイクを通して、博士の声が朗々と響く。

「ワシとシンクロする！」

さあ、〈門番〉搭乗のボッコちゃん〈エヴァン○リオン・モード〉とのバトル開始だ！

第9章 ためらいの迷宮・7

さて。

このボツなお話にここまでお付き合いくださった読者の皆様は、今、まさにハマってるゲームがあって毎日プレイしてるよ！　という方もおられれば、作者同様、昔はちょっとしたマニア的プレイヤーだったけど最近は半ば隠居した感じで、かつて熱中したゲームの思い出話をするのが楽しいなあという方まで、タイプは様々なれど、テレビゲームのファンであることはまず間違いないでしょう（もしも万が一、「テレビゲームをプレイしたことはないけど、『ボツコニアン』は読んでるよ」という奇特な方がおられましたら、深くお礼とお詫《わ》びを申し上げます）。

そこで、作者は皆様にお願いしたい。

あなたにとって、もっとも思い出深いラスボス戦を教えてください。

魔法の杖《つえ》を振りかざし、赤い閃光《せんこう》のオジキを召喚しつつ火の雨を降らせながら、ピピが叫ぶ。

「ちょっとあんた、冗談じゃないわよ、この取り込んでる最中に何言ってんの！」

ガンブレードから続けざまにレーザービームを放ちながらジャンピング移動して新生ボッコちゃんとの距離を詰め、隙《すき》あらばその脚部に斬撃《ざんげき》を叩《たた》き込もうと躍動するピノも怒鳴る。

「そうだよ作者、ボケるな！」

二人のまわりでは、アシモフとハインラインをリーダーに頂くロボッチたちと、カクちゃん率いる恨めし顔霊体傭兵《ようへい》軍団も奮戦しているし、カイ・ロウ博士はポーレ君の「ターゲット、九時の方向です！　お次は二時です！」などの適確な指示に従い、嬉々《きき》として量子分解銃を撃ちまくっているし、莢《さや》ニンゲン助手はぐったりしたはぐれクトゥルー純情派を背負って戦火のなかを逃げ惑っている。

で、ルイセンコ博士とシンクロした新生ボッコちゃんは大暴れしながら歌っている。

「聞け　万国の　労働者ぁ〜♪」

シンクロ中なので、もちろん博士の声で歌います。

「シンクロの中身って、その程度かよ？」

「万国の労働者に捧《ささ》げるレッドライジング・大パンチ！　続いて資本家粉砕回《まわ》し蹴《げ》りで浮かせてからの下克上《げこくじょう》踵落《かかとお》とし！」

これがバカにならない破壊力——というわけで、確かに大変な状況下ではありますが、そういうときだからこそ作者だけでも落ち着いて考えたい。

再び問う。あなたの心に残るラスボス戦は？

「わかった！」と、ピピが怒る。「うちのバカ作者、今ごろになって読者アンケートとって、それを参考にあたしたちのラスボス戦を書くつもりなのよ」

ピノは鼻で笑う。「いいからほっとけ」

まずはこっちのバトルが先だ！

「新生ボッコちゃんエヴァン○リオン・モードの新兵器その①、パルスウェーブ！」

ルイセンコ博士の声で新生ボッコちゃんが発言、丸い頭部が青白く輝いたかと思うと、立て続けに閃光を放った。その光を受けたロボッチたちは、次から次へとフリーズ。

「電磁波で集積回路を焼き切られたようです」と、カクちゃんの冷静な分析。

「ワシの量子分解銃も機能停止だ！」と、カイ・ロウ博士は泡を食う。

「いえ、そっちはエネルギー切れではないかと思います」

逃げ惑ううちに自分より大柄な純情派の体重に負けてしまい、もうヘトヘトで動けなくなっちゃってる莢ニンゲン助手の呟《つぶや》き。

「これだから機械などあてにできん。見ておれ！」

ますます猛《たけ》って飛び回り、強烈な蹴りを繰り出すオジキの姿がかすんで見えないぞ。

「魯粛のおっさん、ロボッチたちを頼む！」

ピノの召喚で現れた魯粛の大きな掌《てのひら》が、動けないロボッチたちをすくい取って安全な場所へとお片付け。

「よし、皆のもの、ひるむな！　かかれかかれ！」

カクちゃんが霊体傭兵軍団を叱咤《しった》する。

「操縦席に入り込むのだ。ボッコちゃんにはかまうな。博士を狙《ねら》え！」

カクちゃん、頼もしいなあ。でもちょっと言葉の選び方がまずかった。「パイロットを狙え！」と言わないとね。

アタマのつくりが単純な霊体傭兵軍団は、「博士」と言われて、すぐそばにいて白衣姿が丸見えのカイ・ロウ博士に襲いかかった。

「標的が違～う！」

カクちゃんとポーレ君が叫んでも、ちと遅い。霊体傭兵軍団にわらわらとたかられ、その冷たい息吹《いぶき》にさらされたカイ・ロウ博士は、

「さ、寒い。う～ん」

凍死のちょっと手前で眠り込んでしまいました。その手から量子分解銃が転げ落ち、慌ててキャッチしたポーレ君が、

「わ、重い！」

意外なその重量によろよろとよろめき、ノックダウン状態で奕ニンゲン助手に背負わ

れている純情派のでっかい頭部にぶつかって、

「あ痛《いた》タ！」

目から火花でたちまちノックダウン。ようやく意識を取り戻しかけていた純情派もまた気絶。ヒト一人とモンスター一体と量子分解銃の重量を背負い込むことになった爽ニンゲン助手はついに押《お》し潰《つぶ》されてしまって、

「ぐぇ～」

細い手足をジタバタさせるだけで精一杯であります。

「何やってンだ、もう！」

焦《じ》れたピノが助けに行こうとガンブレードを下ろした瞬間に、新生ボッコちゃんは器用に一本脚で立つと、二本の脚を腕のようににゅうっと持ち上げた。

「新生ボッコちゃんエヴァン○リオン・モードの新兵器その②、マイナスイオン・シャワー！」

何だそれは？　と思う間もなく、新生ボッコちゃんの丸っこい脚の裏から、微細なミストがすごい勢いで噴き出してきた。

「マイナスイオンの空気清浄効果で霊体を分解し、空気を爽《さわ》やかにするぞ」

ルイセンコ博士の簡潔な解説付き。

「霊体傭兵軍団、踏ん張れ！」

　ピノに激励されても、やっぱり無理です。微細な粒子で形成されている霊体傭兵軍団は、ミストの勢いにどんどん吹き散らされてゆく。

　ピピの抗議の叫び。「マイナスイオンで爽やかな気分になるって、ただの思い込みじゃなかったの？」

「そのとおり」

　でも、どっちみち、霊体傭兵軍団は強い気流には勝てないんです。一体残らず吹き散らされて、オサラバ消失。

「おのれ、小癪《こしゃく》な」

　飛び回っていたオジキの動きが鈍り、その姿がまたたき始めた。

「駄目だわ、いっぺん回復しないと。オジキ、戻って！」

　MP切れ寸前なのだ。ピノもレーザービームを撃ち尽くしてちょっとへばっている。

　ピピは魔法の杖をくるりと回し、気持ちを鎮めてアルティメットな回復魔法を唱え始める。その隙をとらえ、新生ボッコちゃんは頭部の両脇《りょうわき》にある小さなハッチを開いた。

　小型ミサイルがずらっと装塡《そうてん》されている！

「ここは私にお任せください」

　カクちゃんがずずいと前に出た。頭上の輪っかがくりん、くりんと向きを変え、新生ボッコちゃんに狙いを定める。

「郭奉孝の男前波動砲、参ります！」

「ちょっと待ってカクちゃん！　それを使ったら、あなたは離脱しちゃう――」

言い終えないうちにど派手な波動砲が炸裂《さくれつ》した。眩《まぶ》しい！　ピノはピピをかばって地面に伏せる。

どっか～ん！

ぱらぱらぱら。ピノピと停止状態のロボッチたち、眠っているカイ・ロウ博士、気絶してるポーレ君と純情派とその下でジタバタしている莢ニンゲン助手の上に、迷宮の天井や壁の破片が落下してくる。

眩《まばゆ》い光が消え、あたりに静けさが戻る。ピノピは跳ね起きた。

新生ボッコちゃんはぺっちゃんこになっていた。頭部が歪《ゆが》み、三本脚はねじ曲がり、関節の部分から煙があがっている。

「やった！」

思わず歓声をあげちゃったピノピですが、すぐ顔を見合わせた。

「でも、これでいいのかな？」

脇役のキメ技でやっつけちゃった。テレビゲームではさほど珍しくないことですけどね。

「まだラスボス戦じゃないんだから、いいんじゃないの」

「そうよね。次が魔王戦だもんね」

「次こそがオレたちの本番だ！　そうだろ、作者？」

そのときである。

迷宮の奥から冷ややかな気配が迫ってきた。そして、例のあの甘い声。

「魔王のヒーリング！」

新生ボッコちゃんのひしゃげた機体を、光の粒がきらきらと包み込む。すると、おお
皆様ご照覧あれ！　新生ボッコちゃんが修復されてゆくではありませんか。

ピノピは叫んだ。「こんなのアリ～？」

「アリよ」と甘い声が言い返す。「もういっちょう、魔王のエネルギー補給！」

今度は中空に巨大なコードとコンセントが出現。そのコンセントが新生ボッコちゃん
の後頭部にガッと突き刺さった。

ピノピはまた叫ぶ。「こんなのないよ～！」

甘い声は高笑い。「エヴァン○リオン・モードなんだから、これ当然。さあ、我が
〈門番〉よ、立ちなさい！」

ちゃき～ん！　新生ボッコちゃん、文字通りきらきらぴかぴかの完全復活であります。

「人使いが荒いなあ」と、ルイセンコ博士のぼやきのオマケつき。

も一度イチからやり直し。というわけで時間ができたので、三度《みたび》お伺いします。

あなたの、今も忘れがたい名ラスボス戦を教えてくださ～い♪

そもそも。

〈ラスボスは二段階か三段階に変身する〉というのは、いつごろから始まったお約束なのでしょうね？　これこそ嚆矢《こうし》、という作品はどれなのかしら。

それともうひとつ。最終盤のバトルでは、パーティを二つか三つに分割して戦うという、あれね。あれはやっぱり、最初は『ＦＦⅦ』なんですかね。作者はあのパーティ分けをするのが楽しくて、いろんな組み合わせで戦ったものです。その点で思い出深いなあ（その後、校閲さんから『ＦＦⅥ』もパーティ分けをしますよというご指摘をいただきました。すっかり忘れていた作者です）。

作者は基本的に、キャラは全員レベルカンストまで育て、取れるアイテムは全部ゲットして最強装備でラストバトルに挑むよう心がけているのですが、初回プレイでは「早くエンディングを見たい」というスケベ心もあり、「ま、これなら行けるか」という程度の鍛え方でラスボス戦に突入、またたくまに全滅、なんてことも、たまにはあるわけです。

その代表的な例が『タクティクスオウガ』。最初のプレイでは「死者の宮殿」をパス、ともかくラストまで行きたいからと進んでしまって、「空中庭園」を通り抜けるだけでけっこう鍛えられたから大丈夫だろうと思っていたら、ラスボスのあの方にお会いして——人生の厳しさを思い知らされたりして。

で、これはいけないと「死者の宮殿」を二度クリアしてから再チャレンジしたら、今度は何とかなったんだけど、道中（それもはるか昔）の選択肢で間違っていて、待ち構えていたのは銃声一発のバッドエンディング。それまでにほぼ半年を費やしていましたから、しめやかな葬送曲のようなエンディング曲を聴きつつクレジットを眺め、魂が口から出ちゃったみたいに呆然《ぼうぜん》としたものです。ま、そこから気を取り直して十五周、全ルートをクリアして「死者の宮殿」も極めてすべてのイベントを見て、人生のうちの三年ぐらいをこのゲームに捧げることになるのですが。

「さ、作者さんは楽しそうですけど」

ポーレ君と純情派の体重に圧されつつ、気力を振り絞って莢ニンゲン助手が発言。

「わ、わたしたち、全滅の危機に直面しているんじゃないでしょうか」

「まだよ」と、ピピは断言。「だけどあんたはだいぶ危ないわ」

莢ニンゲン助手の体内で第五豆と第六豆が潰れてしまったのか、身体《からだ》の下から青汁がどくどく流れ出ております。

「ホントだ。ああ、気が遠くなりそうです」

莢ニンゲン助手はしかし、薄れ行く意識を必死に持ちこたえ、懐《ふところ》（ってどこかしら）

からあのオカリナ型光線銃を取り出した。

「こ、これでも、くらえ～」
ピ、ポ、パ、ポ、ピー。
宇宙の平和を祈る五音の調べ。

「それ吹いたら、おまえ、もっとまずいことになるんじゃねえ？」

「そ、そうでした」

葜ニンゲン助手、へなへなと戦闘不能。

「量子分解銃は、カイ・ロウ博士の専売特許じゃないぞ」

魔王のヒーリング効果はパイロットにまで及ぶのか、ルイセンコ博士は生気漲《みなぎ》るお声で朗々と宣言する。

「それどころか、この新生ボッコちゃんエヴァン○リオン・モードでは標準装備」

二本の脚部がまた持ち上がり、筒型の後部のパネルが開いて、量子分解銃がうぃーんと登場。

「しかもこっちは二丁拳銃《にちょうけんじゅう》じゃ！」

ピノピ、絶体絶命？

こういうこと、けっこうありますよね。こっちが優勢にバトルしてると思っていたのに、気がついたら一人減り二人減り、残っているキャラのＨＰも半分を切っている。蘇《そ》生《せい》と回復を急ごうとしているところへ、魔法防御無視の全体攻撃魔法がどか〜んときて、ゲームオーバー。

「ピノ、ガンブレードをしまって」

ピピは、自身も魔法の杖を腰のベルトに戻して呼びかけた。

「ど、どうしたんだよ、ピピ姉《ねえ》」

ピピはツインテールが乱れているけれど、眼差《まなざ》しは決然として揺るがない。

「こうなったらもう、あの手を使うしかない。武器を失《な》くさないように、しっかり収めておいて」

あの手って、どの手でしょう。

「一緒にペンダントを外すのよ。双極の双子の相反するエネルギーを解放するの」

ここまで成長してきたピノピの放つエネルギーは、想像するだに恐ろしい破壊力を持っているはずだ。

「それなら、新生ボッコちゃんをやっつけて、ついでにこの面倒臭い迷宮もそっくり吹っ飛ばすことができるわ。用意はいい？」

ピノもきりりとした顔になる。「うん！」

てんでに片手でペンダントの紐《ひも》をつかみ、空いている方の手をしっかりとつなぐ。

「いち」

「にの」

「さん！」

ぶちん。ペンダントの紐が千切《ちぎ》れる。

新生ボッコちゃんの操縦室で、ルイセンコ博士が目を剝《む》く。博士とシンクロしているので、ボッコちゃんの丸いライトもカッと強い光を放つ。

「さよなら、〈門番〉！」

ピノピは、手のなかのペンダントを新生ボッコちゃん目がけて投げつけた。

閃光。


ボッコニアンのお話が終盤にさしかかったあたりから、作者は作者なりに、ピノピにどんなラストバトルをさせようかと考えておりました。で、これまで自分はテレビゲームのなかでどんなラスボスと戦ってきたっけ――と回顧してみたのですが、そこで驚くべき事実を発見いたしました。

忘れている。

いえホント、冗談抜きで。

思い出せない。

作者のなけなしの名誉のために、先に弁解しておきますが、キャラのことは覚えてい

るんですよ。愛情込めて育て上げたキャラクターたちのことは、どうでもいいような些事《さじ》まで記憶しております。

　名場面もいくつも覚えています。その記憶はもう脳内映画のように鮮やかなのですが。

　ラスボス戦のことは忘れている。

　相手が誰だったか忘れている。

　何を企《たくら》んでいた（基本的に）悪いヤツだったのかを忘れている。

　作者は『幻想水滸伝《すいこでん》』シリーズの大ファンでして、個々の作品の主人公はもちろん、個性豊かな一〇八星たちのことは、忘れようにも忘れがたい。影が薄かった『Ⅳ』の主人公のことだって覚えてるよ。まあ彼は、スピンオフ作品『ラプソディア』でめちゃめちゃ頼りになった（キカ姐《ねえ》との協力攻撃が便利）から、それで印象が強まったということもあるんですが。

だけどラスボス、誰だっけ。

作者は『ファイアーエムブレム』シリーズの大ファンでもありまして、苦労して育て上げてもほとんど戦力にならんペガサスナイトに泣かされたことや、一撃必殺のアサシンに惚《ほ》れたことや、ゲームボーイアドバンスの小さな画面を真っ赤に埋め尽くす敵キャラを端から討伐してゆく楽しさや、お宝が埋まってる砂漠の歩きにくさは、これまた忘れがたい。

だけどラスボス、誰だっけ。

さらに驚いたことに、これはおバカな作者だけに起こる特殊な健忘症ではなさそうなのです。だって、作者と同じように『タクティクスオウガ』に人生の一部を捧げたプレイヤー（複数）と話していたら、以下のような会話イベントが発生したんですもの。

「そういえば、ラスボスの王様って」

「名前、何でしたっけ」

「偉いヒトなんだよね」

「そうそう。あの地下墓地で何してたんだっけ？」

「死んでたんですよ。それはともかくジュヌーンはいいよねえ」

「今思えばレオナールの政治家ぶりは頼もしかった」

「初めてアロセールに雷神の弓を装備させてあげられたときは、もう嬉《うれ》しくって」

誰もラスボスの名前を覚えてない。

『ファイナルファンタジー』シリーズにしても然《しか》り。あ、でもここには希有《けう》な例外が一人います。セフィロスね。

作者は昔ホームページ上で、アンケートをしたことがあるんです。

『クロックタワー』や『サイレン』などを好例とする、主人公がほとんど戦えずにともかく逃げて生き延びるというタイプのホラーゲームのなかに、他のゲームから一人だけ〈お助けキャラ〉を呼べるとしたら、誰がいいですか？

たくさんのゲームファンの皆様にご回答を寄せていただいたのですが、そのときダントツの一番人気だったのがセフィロス様。ソリッド・スネークでもレオン・スコット・ケネディでもなかった。ちなみに二番人気は『FFX』のアーロンでしたが、そういえば『X』のラスボスって誰だっけ。正体はよく覚えてるんですよ。でも名前は？

『ワイルドアームズ』シリーズも作者はがっつりプレイしてますが、ファルガイアに仇《あだ》なすラスボスって誰だっけ。ジークフリードっていたよね？　『3』のジェットが実は○○でしたってことはよく覚えてるんだけど、じゃあラスボスの名前は？

『メタルギアソリッド』シリーズも、各作品でラストに戦った相手って誰だっけ。わたし、リボルバー・オセロットのことしか覚えてないみたいだわ。

と、こんなことがあったものですから、読者の皆様のラスボス戦メモリーを伺いたかったわけなのです。いかがでしょ？


「毎度毎度……」

ぶつくさ言いながらピノが起き上がる。

「余計なおしゃべりばっかりしやがって」

「うちの作者って、サイテー」

ぷりぷり怒りながら、ピピも身を起こす。

そして二人は、自分たちがいかにもそれらしい異空間にいることを知った。

床がない。壁も天井もない。かといって青空も地面もない。周囲には虹色にまたたく気流が渦を巻き、奇妙に明るい。でも太陽も星も見えない。

「ここ、どこかしら」

ピピの呟きを待っていたかのように、虹色の気流の渦があちこちで解け始め、二人の背後へと流れ去ってゆく。そして開けた視界の先には——

広大にして巨大な魔王の居城。

いつかアクアテクの〈魔王の足跡〉安置室で見たガラス絵に描かれていた光景が、今、ピノピの眼前に広がっている。気がつけば頭上は黒雲に覆われて、その奥底で稲妻が不吉に閃《ひらめ》く。顔に降りかかるのは針で刺すように冷たい氷雨《ひさめ》。

伝説の長靴の戦士たちは、ついにたどり着いた。魔王のもとへ。

BGMが盛り上がる。陰鬱《いんうつ》にして恐ろしく、悲劇の予感をはらみながらもメロディアスなオーケストラサウンド。皆様のお好みで、ワーグナーよしハンス・ジマーよし。でも作者のチョイスは〈音楽・川井憲次《かわいけんじ》〉。ファンなんです。

ピノピもさすがに雰囲気に呑《の》まれていて、作者のおしゃべりにかまう余裕がないみたい。

ピノは声をひそめて問いかける。「ピピ姉、わかるか？」

ピピはピノの顔を見てうなずき、囁《ささや》くように答える。「うん、わかる。同じことを考えてるってことは、あたしの見間違いじゃないのね」

二人はゆっくりと立ち上がる。そして魔王の居城を指さし、声を揃《そろ》えて言った。

「書き割りだ！」

ち～ん。

「失礼な！」

魔王の甘い声が怒りの反論。

「マットペインティングと言いなさい！」

ものは言いようですが、だからこそ言いようが大事です——という本日の教訓を胸に、以下次章。

たぶん最終回!
メカニカル(?)DE《デ》ボッコニアン
魔王ヘッド
不安定だ!
魔王ブレス
ドライアイスだ!
魔王ネイル
長いのでこわいぞ!
パレ
魔王の本体だ!
魔王ボディ
中の温度は40℃だ!
魔王アーム
連動しているぞ!
魔王タイツ
黒子と同じスタイルだ!
魔王しっぽ
特には動かないぞ!
魔王レッグ
わりと重いぞ!魔王も大変!

最終章
魔王との戦い

正確には、主《おも》に舞台美術に使われる書き割りと、映像作品の特撮技術のひとつであるマットペインティング（マット画とも言います）は異なるものであります。

「どっちだっていいけど」

「ともかく、あれは本物じゃないんだ」

呆《あき》れて棒立ちになっているピノピの前で、魔王の巨大な居城の、古今東西のありとあらゆる魔物の姿をみっしりと浮き彫りにした（ように描いてある）見上げるような観音開きの扉が、ゆっくりと開かれてゆく——

ぎぎぎぎぎ。

実はベニヤ板製なので、見かけは壮麗だけど動かすと安っぽく軋《きし》んじゃう。このへんはまさに舞台の大道具。

そして、その奥から魔王が登場。

「よいしょ、っと」

あのガラス絵に描かれていたのとそっくりの姿であります。蜥蜴《とかげ》のような身体《からだ》に大きな翼。長くするどい鉤爪《かぎづめ》。

その首の下あたりに、ぽこんと小さな丸窓が空いている。そこから、愛らしい女の子の顔が覗《のぞ》いております。

「あ！」

天空で轟《とどろ》き続ける雷に打たれたかのように、ピノピはたじろいで声をあげた。

「着ぐるみだ！」

「失礼な！」

魔王、甘い声でまたまた叫ぶ。

「アニマトロニクスと言いなさい！」

ぶー。この二つはぜんぜん違います。着ぐるみの代表は我が国のゴジラ。人間が丸ごとそのなかに入るタイプのものです。アニマトロニクスは、人間の手足や機械仕掛けで操作する模型で、その代表は『ジョーズ』で大暴れした鮫《さめ》のブルース君ですね。

「あああ！」

ピノはさらに驚いて目を剝《む》き、丸窓から覗いている女の子の顔を指さした。

「おまえ、パレじゃねえか！」

ピピは膝《ひざ》かっくん。「あんた、気がついてなかったの？」

「だってパレは魔王に誘拐されて――」

今、当の本人が魔王になってますよ。

あ、そうか。ピノは必死で考えを修正する。

「魔王って、さらってきた人間の女の子に自分のコスプレをさせる趣味があるのか？」

「んなワケがあるか！」

内輪もめをよそに、魔王は居城の扉を通り抜けるのに四苦八苦しております。

「よっこら、どっこい、しょと」

重たいんですね、着ぐるみが。

「パレぇ！」

自身の不明を恥じるどころか開き直って、ピノは怒鳴った。

「おまえ、そんなとこで何やってんだ？」

だから魔王をやってるんですってば。

「家出して学校をサボってるから、着ぐるみとアニマトロニクスを間違ったりするんだぞ！」

違うと思います。

「う、うるさい」

言い返しながらも、魔王はまだ着ぐるみの重量と格闘中。また居城の扉の敷居が高いんだよね。脚を持ち上げるのもひと苦労で、なかなかまたぐことができないんです。

ピピは両手を腰にあて、息が続く限りの長い長いため息を吐き出した。

そして呼びかけた。

「ねえ、その着ぐるみ、脱いじゃいなよ」

魔王はじたばたしながら即答。「嫌よ」

「そんな意地をはらないで。その様子じゃ、あたしたちと戦うどころか、一人でトイレに行くこともできないんじゃない？」

小窓から覗いているパレの顔が真っ赤になった。

「そんなふうに顔だけ出してても、あんた可愛いわよ。ミンミンより上ね」

ピノがパレのことを想《おも》い続けていたのも無理はないと、ピピ姉《ねえ》さんは納得した。

「あんたのこと、ピノは忘れてなかった。ずっと心配してたのよ。今のこの顔を見たってわかるでしょ？」

そのとおり。ピノは『タクティクスオウガ』のバッドエンディングに茫然自失《ぼうぜんじしつ》した当時の作者と同じ表情を浮かべております。

「魔王なんかやめて、帰ろうよ」

ピピはパレに笑いかけた。

「あんたの養い親のお父さんお母さんは、あんたがいなくなったとき、必死で行方《ゆくえ》を探していたんだって」

この言葉に、パレは恐ろしいほど鋭い目つきになった。

「だけど、あたしのホントのパパとママはあたしを捨てた」

そう、身勝手な父と母だった。

「パパにとってもママにとっても、あたしはただの厄介者だった。あたしを産んだ人が、あたしなんか要《い》らないって言ったの。それは、あたしという命がここにあることに、最初から意味なんかないってことでしょ」

ピピはほっぺたをほりほりと掻《か》く。

「あんた、何年も学校をサボってる割には難しいこと言うわね」

ここで、ようやくピノが復活。あっさりと言い放った。

「いいじゃんか。そんなパパとママなんか放っとけよ」

そうだそうだと、ピピもうなずく。

「世の中には、ほかにもいっぱい人間がいるんだぞ。パレを大事に思う人もいる。この先、そういう人たちに出会う機会もまだまだいっぱいあるんだ」

パレは叫ぶように問い返してきた。

「なぜそう言い切れるの？」

「オレたち、この旅のあいだに、いろんな人たちに会ってきたからさ」

親切な人もいれば、嫌な人もいた。いい人もいれば、変わり者もいた。幽霊も宇宙人もいた。

「だから面白かったよ。世の中は広いし、このできそこないのボッコニアンだって、そう捨てたもんじゃないんだよ」

そうだそうだと、ピピはうなずきっぱなし。

「そんなの、あたしは信じない！」

居城から外に出ることを諦《あきら》めてしまったのか、パレはその場で声を張り上げる。

「ボッコニアンはできそこないだから、おかしいのよ。だからあたしみたいな子供がいる。親に捨てられて、悲しい思いをする子供が。そんなの間違ってる。あたしは魔王になり、その間違いを正したかった！」

だから、様々な魔法を身に付けようとしていたのに。

「ピノが邪魔するから、みんな失ってしまった。回廊図書館もなくなっちゃって」

「カッとしちゃってあれを消したのはおまえじゃねえの？」

パレは今にも泣き出しそうだ。なのに、涙を呑《の》み込んでまだ意地をはろうとする。

「間違った世界を直すことができないのなら、いっそ全て消してしまえばいい。何もなくなって無になれば、もうあたしみたいな子供もいなくなる」

そして、無は変化しない。

「愛が冷めることも、友情が壊れることもなくなる。欲望も野心も存在しなくなる。夢も希望もないから、挫折《ざせつ》もない」

無には心がない。

「心がなければ、絶対の平和が訪れる。それこそが〈本物の世界〉。それを築き上げることが、あたしの目的よ！」

ピピはほっぺたを掻くのをやめた。

ピノは腕組みをした。

「本物の世界は、パレが考えているようなもんじゃなさそうだけどなあ」

「うん、あたしもそう思う」

「きっと本物の世界でも、愛が冷めることや、友情が壊れることがあるんだよ。欲望も野心も失敗も挫折も存在しててさ」

みんな、心を持ってますからね。

「だからこそボツを生み出して、それが集まってあたしたちのボッコニアンができてるのよね」

そういうこと——と、二人はうなずき合う。

「それにさ、オレ、このごろ思うんだ。もしかしたらオレたちボッコニアンの方がまだマシで、本物の世界にはもっとひどいボツまがいが存在してるのかもしれないって」

ピピが目をぱちくりする。

「あらまあ、何でまたそんなことを思ったの？」

「さんざん、作者のぼやきを聞かされてきたから」

少しはお役に立ったようですね。

「ボツまがいって、ボツより性質《たち》が悪いんじゃねえのかなあ」

「ボツにならないから、ね？」

そう。だからマグロ食って巨大化しただけのイグアナもどきが暴れる〈ゴジラ映画〉が全世界で公開されちゃったりするわけですよ。二〇一四年版の『ゴジラ』はそれよりはう〜んと上等で、作者も好きですけど、でも、あんなふうに最初から人類を助けてくれる怪獣は、ゴジラじゃなくてガメラだよね。首から上の形状《フォルム》もガメラに似てたし。

パレはうるさそうに顔をしかめる。「このごちゃごちゃ言ってるのは誰？」

「これがうちの作者」

「ちなみに、このヒトの存在自体もそうとうなボツと言えるわね」

たいへん申し訳ありません。

「オレたちのボツコニアンをもとに戻して、パレ、うちに帰ろう」

歩いて帰ろう〜♪

「嫌よ」

目に涙を浮かべながら、パレはまだ突っ張る。口元が意固地にへの字になっている。

それを見ていて、ピピはふと気がついた。

「ねえ、パレ。魔王になるにはどうすればいいの？」

ただ強く願うだけでは足りないはずだ。

「オーディションがあるんじゃねえの？」

「ピノは黙ってなさい。あたし思うんだけど、魔王になるために、あんたはあんたなりに代償を払わなくちゃならなかったんじゃないのかしら」

パレの表情が強張《こわば》った。

いい、あたりだ。ピピは続ける。

「たとえば、あんたの大事なものを手放すとかね」

パレが大事にしていたもの。

「鼻のところがほころびちゃったとき、お母さんに繕《つくろ》ってもらった。それぐらい大事にしていて、大好きだったもの」

羊のぬいぐるみのポージーだ。

「ポージーは、〈ためらいの迷宮〉の壁に、ボロボロでぺっちゃんこになって埋められていたわ。あたしたちの仲間のポーレ君が見つけたの」

真っ赤に上気していたパレの顔色が、すうっと白くなってゆく。

「あれは、あんたがこの居城と、それを守るダンジョンを作るための人柱だったんじゃないかしら」

厳密に言えば〈ぬいぐるみ柱〉ですね。

「だけどポージーを失って、あんたは寂しくて仕方がなかった。だから魔力でポージーそっくりの羊司書を作って、回廊図書館に置いたんじゃない？」

そういうことです。羊司書のポージーさんはそういう存在だったと、作者に代わってピピが説明してくれました。

「でも、司書のポージーももういない」

ピピの口調は優しい。でも言葉は容赦ない。

「だからあんたが、たとえ望みどおりにこのボッコニアンを〈無〉に変えて、それがあんたの言うとおりの絶対の平和なのだとしても、あんた自身の寂しさは癒《い》やされないわ」

それは〈無〉ではなく、悲しい無駄な努力、徒労というものでしかない。

「パレ、あんたは間違ってるのよ」

そう言って、ピピはリュックからあの変身頭巾《へんしんずきん》を取り出した。パレに背中を向けて、ゆっくりとかぶる。

そして振り返ると、その姿は羊司書のポージーさんに変わっていた。

「パレちゃん、あなたは間違っています」

ポージーさんは、パレに言った。

「私も、あなたに会えなくなって、とても寂しい」

突然、パレの表情がくしゃくしゃになった。

「うわ〜ん！」

魔王の大泣きだ。

「うわ〜ん、あん、あん、あん」

パレがだだ泣きを始めると、遥《はる》か上空の稲妻と雷鳴、虹色にまたたく気流の動きが止まった。

そして、魔王の居城全体が揺らぎ始めた。ピノは身構え、ピピは慌てて頭巾をとる。

「崩壊するのか？」

いや、足元は震動していない。ただ居城の景色だけが揺れてかすんで、端の方から消えてゆくのだ。

「え〜ん、えんえんえん」

パレは泣いて、泣いて、泣く。魔王の居城は消える、消える、消えてゆく。ついで、魔王の着ぐるみも消失してゆく。すべてが細かい金色の霧に変じて、上空に立ちのぼりながら渦を巻き始めた。

そのとき、ピノピのすぐそばで何かが出現する気配がした。

「よいしょ、と」

今度のこのかけ声は、パレのものではない。

「皆さん、お久しぶりです」

「トリセツ！」

「ちょっとお待ちくださいね」

トリセツは回転しながら上昇し、渦巻く金色の霧に接近すると、

「はぁ～」

ひと声かけて、それを吸い込み始めた。口を尖《とが》らせ、葉っぱで霧の流れをかき寄せながら、どんどん吸い込んでゆく。トリセツのサイズは小さいのに、すごいパワーだ。ダイソン並みの吸引力だ。

金色の霧が消えてゆく。

「あららら……」

最後に、ぽんと音がした。

「はい、終了でございます」

ピピとピノと、袖無《そでな》しの白いワンピース姿の女の子に戻ったパレのあいだに、トリセツはくるくると降りてきた。

「さすがに、ケンドン堂の黒糖ドーナツ三十個分ほどの食べ応《ごた》えがありました」

そんなに食ってたのか。

「パレさん、ご苦労さま。あなたの〈魔王任期〉はこれで終了でございます」

ここにきて任期というフレーズを持ち出されるとは、作者も驚きです。

「ボツコニアンの魔王の座は空席となりました。そこで、世界の全てを知るわたくしトリセツとしましては、次の魔王をどうするかについて、元魔王と伝説の長靴の戦士にご相談しなくてはなりません」

しばし、沈黙。

ピピが口を切った。「トリセツ、ホントにあんた、何者なの？」

「わたくしは世界のトリセツですよ。トリセツの前にトリセツなく、トリセツのあとにトリセツなし」

ピノピは同時に言った。

「もういい」

「もうわかんなくて、いい」

「左様《サヨ》でございますか。では、魔王の問題はどうしましょう」

ボッコニアンに、一応は君臨しちゃったりすることができる、ニア神様な存在。

「お三方がここでどなたかを推薦してくださらない場合は、またパレさんのような強い願いを持ち、必要な代償を差し出す覚悟のある方の出現を待つことになりますが――」

変なヤツが現れたら大変だ。

「どうする、ピピ姉」

ピピもすぐには返事ができない。頭をフル回転させている。

「ね、トリセツ。魔王がいなくなると、封印が解けたことで出現した世界も消えちゃうの？」

二軍三国志やほらホラHorrorの村、ロボッチたちや莢《さや》ニンゲンたち。

パレに涙を拭《ふ》くハンカチかタオルをあげようとリュックのなかをかき回しながら、ピノは言った。「オレ的には莢ニンゲンは消えてもいい」

ピピは聞いてない。「ね、どうなの？」

トリセツはくるりと一回転してから答えた。「はい、消えます」

「そんな――」

「でも、出現した世界のなかの誰かが魔王になれば、そのまま残ります」

くすんくすんと鼻を鳴らしつつ、このやりとりを見守っていたパレが、そっとピノの袖を引いた。

「ピノ、今、あんたの姉さんの頭の上に出現した電球の映像は何?」

「何か閃《ひらめ》いたって意味のアイコンだよ」

そうです、ピピは閃きました。満面の笑顔になって、言う。

「いるよ、うってつけのヒトが」

「郭嘉さんですか?」

「カクちゃんだと、ボッコニアンがミニスカポリスだらけになっちゃう」

「では魯粛殿」

「いいヒトだけど、魯粛さんが魔王になると、ボッコニアンの住民がみんな『仁義なき戦い』の人たちみたいなしゃべり方になりそうだわ」

ようわかっちょられますな、嬢ちゃん。

「まさかアシモフか?」と、ピノが訊《き》く。

「ロボッチだと、充電中は機能しなくなっちゃうでしょ」

言いながら、ピピは楽しそうだ。

「それに今度の魔王は、本物の世界のことも知っている人が適任だと思うの。あと、魔王になりたがる変なヤツが現れたときにはやっつけることができるくらい強い人なら安心よね」

思いあたって、ピノは驚愕《きょうがく》。「趙雲《ちょううん》か！」

すると、明るく一喝する声がした。

「バカもん、俺だ」

現れたのは孫策《そんさく》です。

「あ〜！　江東の小覇王《しょうはおう》！」

二軍三国志で赤白モンスターと戦ったときとは髪型も衣装も違うけれど、「若」その人であります。

「伝説の長靴の戦士殿が俺を呼ぶ心の声、ちゃんと聞こえたぞ」

ピピは孫策に抱きついた。「ありがとう！」

「その格好は？」

「バージョン違いだ。お洒落《しゃれ》だろ」

ピノピは再会を喜んでいるが、パレは怯《おび》えている。

「このヒト、誰？　幽霊？」

「ご挨拶《あいさつ》だなあ」と、孫策は笑った。「俺は本物の世界で活躍してるキャラだよ。でも史実では、二軍三国志の場になっている戦《いくさ》があったころには死んでて、本当はいないはずなんで、本物の世界とボッコニアンのあいだを自由に行き来できるんだ」

それは私も同じです――と、どこからかかすかな声がした。

ピピが飛び上がる。「カクちゃん！」

どこ、どこ、どこ？

――まだエネルギーが充分に溜《た》まっていないので、姿をお見せすることができません。思念だけをお送りしております。

その思念に何ともうさんくさい気配がするので、本人に間違いない。

――孫策殿が魔王になられるならば、この私、郭奉孝が補佐役を相務《あいつと》めましょう。

「それはいいが、大喬《だいきょう》に手を出すなよ」

ピピはくすくす笑う。「カクちゃんは孫策様と違って、こっちでも実体がないから大丈夫よ」

大喬ってのはこのヒトの奥さんだよと、ピノがパレに説明する。

「三国志でも指折りの美女なんだ」

鼻高々に言って、孫策はでれっとした。

「俺が魔王になれば、大喬は王妃だろ。いいねえ」

このヒトはこの人で問題がありそうですが、まあ、愛妻家なのは悪いことじゃありません。

魔王っぽい衣装の孫策さん
あたしと扱《あつか》いがちがう…

「お話がまとまったようですね」

トリセツはさっさと仕切る。

「では孫策さん、魔王になるために、何か大切なものを捧《ささ》げてください」

「え？　やっぱりそれ必要なの？」

「はい、決まりですから」

が〜ん。

ピノピたちが固まっていると、孫策はあっけらかんと言った。

「そうだなあ。じゃあ、上手《うま》くプレイできないとキレて、ゲーム機のコード引っこ抜いてフテ寝しちゃう俺のプレイヤーを捧げるよ」

げげげ。それって作者のこと？

「もうこのお気楽ファンタジーのお話は終わりだから、かまわないだろう」

そんな殺生《せっしょう》な。

「ところで作者さん」

トリセツがこちらへ向き直る。何ですか、最初と最後だけちょこっと働いたトリセツさん。

「あなた、この章のタイトルを間違ってますよね」

そういえば、ピノピは魔王と戦いませんでしたねえ。

「ですから、わたくしが正しいタイトルを付けて差し上げましょう」

「最終章　魔王との口喧嘩《くちげんか》」

さて、作者は無事にエピローグを書くことができるのでしょうか。

エピローグ

「あれもあれで何かの役に立つこともあるらしいし、この原稿が入らないと担当編集者のクリちゃんが可哀相《かわいそう》だから、ちょっと待っててやってくれよ」

新たに魔王の座についた孫策様が取りなしてくださったおかげで、作者は無事にエピローグを書いております。

「首から〈売約済〉の札をさげとかなくていいのか？」

「逃げないようにリードで繫《つな》いでおいたらどうかしら」

エピローグなんだから、もう新手のモンスターなんか出てこないし、迷宮に放り込まれる心配もないし、言いたい放題なピノピ。

脇《わき》が甘いぞ、君たち。

隠しボス登場！

「え？　うそウソうそ！　いったいどんな敵が出てくるっていうのよ」

「武器もペンダントも、装備は全部トリセツに返しちゃったぞ！」

もちろん、伝説の戦士の証《あかし》である長靴もありません。二人とも革のブーツを履いてます。

「ステータスもすっぴんに戻ってンだよ！」

「あたしたち、ただの十二歳なのよぉ」

慌てふためくピノピめがけて、たてがみを乱し長い尻尾《しっぽ》をたなびかせ、鼻息も荒く突進してくるのは、

「クーパー！」

フネ村の郵便屋さんの愛馬であります。旅立ち前のピノに魔法の練習台に使われてさんざんな目に遭ったこと、今でも忘れていないんだから。

「ごめん、クーパー！」

「もうしない！　もう二度としないからカンベンしてぇ〜」

頭を抱えて逃げ惑う二人のあいだを、クーパーは猛然と駆け抜けてゆく。もうもうと舞い上がる土埃《つちぼこり》のなかで、ロデオよろしくその背にまたがった郵便屋さんが、

「おや、お帰り〜」

呑気《のんき》な挨拶《あいさつ》を投げてゆく。さらに本日のクーパーは台車みたいな簡素な荷車を引っ張っておりまして、その上からも声がかかる。

「君らのせいで、ワシはぎっくり腰だ！」

おや、ルイセンコ博士ですよ。歩ける状態じゃないみたい。くの字になっている。

「げほ、げほ」

「ハクション！」

土埃まみれになって、ピノピは顔を見合わせた。

「新生ボッコちゃんはどうしてるのかなあ」

「博士とシンクロしてたんだから、やっぱりぎっくり腰になってるんじゃない？」

あははと笑っていると、傍《かたわ》らから冷ややかな声がした。

「すっかり元通りになっちゃったのね」

パレである。白いワンピースから、ピノピと似たような旅装に着替えております。

「なっ、なっ、なっちゃったって言い方はねえだろ。元通りになってよかったんだ」

パレは下を向き、足元の小石をぽんと蹴《け》っ飛ばした。

「やっぱりもうちょっと頑張って、世界を創《つく》り変えればよかったなあ」

諦《あきら》めの悪い小娘である。

「往生際の悪い小娘ねえ」

ピピは作者より口が悪いです。

「あんたは今日からあたしたちと一緒に暮らすの。お父さんとお母さんと一緒でもいいし、おじいちゃんおばあちゃんと〈フォード・ランチ〉に住んでもいい。一週間毎《ごと》に、両方を行ったり来たりしたっていいわよ」

「どっちにしても、オレらとの面会権はあるからな」

そういうことではないと思います。

「〈フォード・ランチ〉には可愛い羊たちがたくさんいるわ。あたしたちが旅をしているあいだに、子羊が生まれてるかもしれない。そしたら一頭ペットにして、ポージーって名前をつけて、あんたが世話したらいい。きっと楽しいよ」

ピピは一生懸命パレの気を引き立てようとしているのに、当の元魔王は聞いちゃいねえ。

「民俗学には、零落した神は魔物になるという学説が……」

呪文《じゅもん》を唱えるような口調でぶつぶつ呟《つぶや》いております。

「パレ、回廊図書館でどんな本を読んでたんだよ？」

柳田國男《やなぎたくにお》全集とか。

「あんた、魔物の王様だったんじゃない。また魔物になってどうすんのよ」

ピピの小言《こごと》を聞いているのかいないのか、パレは目を上げて、フネ村の入口へと続く小道を、小鳥たちがさえずりを交わす森を、その上に広がる明るい青空を仰ぐ。

「だって、あたしはここには帰れないから」

きん、こん、か〜ん。村の時計台の鐘の音が響いてきた。

さて、魔王政権交代後のボッコニアンをぐるっと見回してみましょう。

王都には今日も人が溢《あふ》れている。タカヤマ画伯が描いてくれた中世ヨーロッパ風のお城も街並みも、変わらずに美しい。

でも、ちょっと待って。何かが違う。

くん、くん。いい匂《にお》い。

「はい、いらっしゃい、いらっしゃい！」

まるわ弁当店のアヤコさんだ。幟《のぼり》を立て、楽器を演奏しながら王都の路上を練り歩くちんどん屋さんの先頭に立って、元気に売り込みに励んでおります。

「本日発売の新作弁当、豪華三段重の〈赤壁弁当《せきへき》〉は限定三十食だよ！　点心三種類詰め合わせに杏仁豆腐《あんにんどうふ》付きのレディスセットも大人気。王都観光のお供には、揚げたて熱々の春巻き食べ歩きはいかが？」

中華料理の匂いの源は、ここです。

王宮のなかへと目を転じれば、モンちゃん王様が仕立て屋さんを呼んで、仮縫いの真っ最中。チャイナ服を作っているのだ。近衛騎士団《このえきしだん》の出《い》で立ちにも、アジアンテイストが加味されている。

地下の迷宮と、頭領ハンゾウの陣屋はいかがに？　あらら、迷宮の入口に立っただけで、もう聞こえてくるくる『カンフー・パンダ』のテーマ曲。そしてキレのいい気合い。

「ウ！　ハ！」

ジュウベエたちもニンジャ装束《しようぞく》からカンフーの道着に着替えている。

「ウ！　ハ！」

そこにハンちゃん登場――え？　ハンちゃんじゃない？　レッサーパンダのシーフー老師じゃありませんか。

「ふう、しかしこの頭巾《ずきん》はちと息が苦しいのが難だのぉ」

あの変身頭巾を着用していたのです。

「マスター！」

「マスター！」

ニンジャたちは胸の前で合掌《がつしよう》して一礼。これ、カンフーのお約束。

「これではどうかのぉ」

ハンちゃんが頭巾をかぶり直すと、マスター・ヨーダが現れました。誰かライトセーバーを持ってきてくださいね。

国際観光都市アクアテク。

市役所では、あの見事な禿頭《はげあたま》の市長さんが、〈魔王の足跡〉安置室の展示替えを指揮していて、オリエンタルな制服に身を包んだ職員たちが忙しそうに立ち働いている。入口には新品の看板。

「三国志と『真・三國無双』のすべて」

肝心な市長さんが、『バットマン ビギンズ』の渡辺謙みたいに見えるところはご愛《あい》嬌《きょう》でございます。

「この中央に飾る虎牢関《ころうかん》のジオラマは、いつ納品の予定だね？」

「そろそろ来るはずです」

「じゃ、私が作成した注意書きを、要所要所に張り出しておきなさい」

〈ジオラマに手を触れないでください〉

〈ここでチャージ技を出さないでください〉

〈呂布《りょふ》を挑発してはいけません〉

ごもっともでございます。

街を歩けば、そここに〈あんまん〉の屋台が。おや、トランクフードサービスの屋台だ。ポーレママが事業を拡大したようです。

ところで、ポーレ君はどこかな。ああ、いたいた。ブント教授の家で、一人で机に向かっています。何してるの？

「神代文字《じんだいもじ》の辞書を校正しているんです。いよいよ出版が決まったので」

それはよかった。おめでとう。

「教授はミンミンに付き添って、街のホールへ行ってます。有名なプロデューサーがアクアテクに来ていて、オーディションがあるもんですから」

そのプロデューサー、どんな人？

「ヨシモトさんとかいう──」

ミンミン、そっちの方へ行くのか。

「ポーレさん、少し休憩しておやつはいかがですか」

部屋に入ってきたのは、莢《さや》ニンゲン助手ではありませんか。どこにいても青臭《あおくさ》いあなた、ブント家に居候《いそうろう》しているのね。

「彼、正式に〈アクアテク・ジャーナル〉の記者に採用されたんですよ」

それもよかった。おめでとう。

「わあ、ケンドン堂の黒糖ドーナツだ」

喜ぶポーレ君。〈あんまん〉は食べないの？

「もう食べ過ぎて、ちょっぴり飽きてきちゃったもんで」

〈肉まん〉は、今も作れないままなのでしょうか。

「孫策魔王のおかげで、技術的には可能になりました。でも、特許権を持ってる人がうるさくて──」

「ええ、みだりに私の知的所有権を侵害されては困りますからね」

羽扇《うせん》のあの方、書棚の陰から唐突に登場。

「諸葛亮《しょかつりょう》さんは、ときどきここに来て本を読んだり、教授と囲碁を打ったりしておられるんですよ」

「ポーレ君、発言を訂正してください。私が教授に、囲碁を教えているのです」

そういえば、書斎に碁盤が置いてありますね。脇のところに「持ち出し厳禁　張昭」と書いてあるけど、いいのかなあ。

「機会があれば、あの脚立《きゃたつ》をヌンチャク代わりに使う強者《つわもの》女性カメラマンに軍師ビームを伝授したいと思っているのですが、〈国際日報〉の仕事が忙しいらしくて、なかなか会えないのです。作者の方、見かけたら伝えておいてくれませんか」

はい、了解しました。

「僕も、校正作業が一段落したら、フネ村へ遊びに行きます」

暴走クーパーに気をつけて来てね――と、二人に手を振ろうとしたところで、作者は気がつきました。ケンドン堂の黒糖ドーナツの箱に、トリセツのイラストがついてるぞ。

「ああ、それですか」

ポーレ君が笑ってる。

「トリセツさん、当分のあいだはヒマだから、アルバイトしているそうですよ」

世界のトリセツ、ゆるキャラに。

青空に巨大な円盤が五つ、長閑《のどか》に滞空している。

その下を悠々と流れゆく長江の水面《みなも》に浮かぶあの模擬戦闘用のプラットホームには、半壊状態の新生ボッコちゃんが載せられている。

そしてそのあたりにだけ、青臭い匂いが立ちこめている。それもそのはず、エージェントタイプとスナップエンドウタイプの莢ニンゲンたちが呉越同舟《ごえつどうしゅう》で入り交じり、新生ボッコちゃんの修理作業にいそしんでいるのだ。

「君たち、あと五分で新ＯＳの起動テスト開始だ。持ち場につきなさい」

莢ニンゲンたちをアゴで使い、指揮をとるのはもちろんこの人、カイ・ロウ博士です。

こんにちは、博士。

「ん？　ああ、何だ作者か。ここは観光客は立入禁止だよ」

そういえば、呉軍の側にも魏軍《ぎぐん》の側にも、ツアーのお客さんがいっぱいいますね。

「(株)二軍三国志観光会社は、上場した途端に、株価が連日ストップ高だそうだ」

となると、社長はやっぱりあのゼネラリストなのでしょう。

「そのとおり。魯粛殿に会いたいのなら、秘書を通してアポをとらんと無理だろう」

ちなみに、秘書はどなた？

「荀彧《じゅんいく》とかいう男だ。有能だが愚痴っぽいのが玉にキズ」

変わってないようです。ところで博士、莢ニンゲンたちは、どうしてここに集まっているんですか。

「彼らの巨大円盤のメカニズムを研究したいので、来てもらったんだよ。一緒に忙しく働けば、エージェントタイプとスナップエンドウタイプの和解のきっかけになるだろうし、あの反重力システムをボッコちゃんに搭載できたら、無敵の汎用《はんよう》戦闘マシンになるからな」

だから双方を等しくコキ使っているわけですね。しかしその技術、民間で活用させてください。それに、今のボッコニアンには、戦闘マシンは必要ないと思いますが。

すると博士は不敵に笑った。

「いっぺん、呂布と戦いたい」

健闘を祈ります。

戦いと言えば、楽《がく》将軍と程普《ていふ》将軍はいずこに？

「えい、たあ、とう！」

おお、魏軍の陣屋の広い前庭で、演武の真っ最中でした。大勢の観光客たちから声援が飛んでいます。

おや？　にわかツアーコンダクターになった兵士たちのあとにくっついて、〈赤壁の戦い〉史跡巡りをしている人たちが、みんなヘッドバンドを装着してるぞ。あれって、カラク村でニア『地獄の黙示録』な騒動を起こした剣呑なブツじゃなかったかしら。

「私が改造したから心配ない。あれはもう海馬《かいば》活性ヘッドバンドではなく、ただのヘッドフォンだよ」

なるほど。皆さん、あれで観光案内を聴いているのね。

「DJは、陳寿《ちんじゅ》と羅貫中が務めておる」

名づけて〈パック・イン・陳中《ちんちゅう》〉。たまに、ゲストで裴松之《はいしょうし》先生がおいでになるそうです。

「この三人と張昭は、しょっちゅう麻雀《マージャン》をしているよ」

だから、碁盤が持ち出されていても、オジキは気づいていないんですね。

「起動テスト一分前！」

お邪魔しました。


ほらホラ Horror の村では、本日、住民投票が行われています。

「まず、ここが市だか町だか村だかを確定する。次に、自治体としての名称を決める」

そのために、住民の総意を問うことにしたのだそうです。署長さんたちも消防団の団長さんも忙しそう。炊き出し部隊も大わらわ。

「霊体傭兵《ようへい》軍団にも一票を投じてもらいます。なあ、君たち？」

警察署長さんに促され、ふわふわと漂う霊体傭兵軍団たちが、中空で人文字ならぬ霊体文字を描いて見せてくれます。

〈あの世村《よ》〉

それは却下でしょう。

投票所には、〈報道〉の腕章をつけたうら若い女性が一人。取材中のこの記者さんは、もしかしてマリッち嬢ではないかしら。

「はい、すっかり元気になりました」

もう霊体も怖くない？

「まだちょっと苦手ですけど……悪いヒトではないとわかったので……お付き合いしてみようかなって」

それはどうかと思いますが、まあご自由に。

流通の要《かなめ》サンタ・マイラの街は、遠くから見やっても熱く燃えている。火事ではありません。熱気が伝わってくるという意味ね。ここでも住民投票？　それとも選挙かしら。あっちこっちで街頭演説が行われています。

お、演説者のなかにアシモフがいる。ハインラインもいる。本物のハインラインは、発声機能を備えてなかったはずだけど。

「このコウミンケンうんどうノためニ、カイ・ロウはかせとサヤニンゲンたちが、ボクたちをカイゾウしてくれたノだ」

あら、久しぶりね、平和主義者のギブスン。

「私もおりますよ」

郭嘉さん、ここでしたか。

「ちょっとカクちゃん、公会堂へ行くわよ。急いで」

脚立ヌンチャク使いのタバサ・サン！　諸葛亮さんが探してましたよ。

「軍師ビームの話でしょ？　あたしも習いたいけど、ともかく今はこの取材で忙しくって、時間がないの」

「ボッコニアン史上初の公民権運動が、目の前でウェーブしているのですからね」

ロボッチたちの基本的ロボ権を獲得しようという運動ですね。

「そのとおりです。素晴らしいですよね」

魔王の補佐役のはずのカクちゃんは何してるの？

「こういう運動には、過激な反対論者も現れます。だから、私はタバサさんの護衛を務めているんですよ」

必要なさそうだけどね。これから、公会堂では誰が演説するんですか？

「ロボッチたちの強い味方よ。来て、その目で見てみたら？」

住民たちで満員の公会堂で、登壇してきたのはあのコンボイ野郎、ミーゴさんでありました。

「仕事柄、彼はロボッチの生産地ガラボスの事情に通じていますし、ロボッチたちが身近な存在でしたからね。真っ先に賛同してくれたんだそうです」

サンタ・マイラの住民たちのなかにも、以前から、ロボッチをあんなふうにこき使っていいのかという空気は流れていたのだそうな。それに加えて、あのモンスター騒動の際のアシモフの自己犠牲的な活躍があったものだから、公民権運動の立ち上がりはスムーズだったとか。

「今後、ガラボスにもこの運動の波が届けば、生産ラインの段階でロボッチたちに個性が付与され、基本的ロボ権が確立されていくことでしょう」

軍師らしいというか、政治家らしい顔つきのカクちゃん。でもちょっと心配なのは、ロボッチ嫌いのマスターのお店〈ジーノ〉には、ミーゴさん、出入り禁止になってしまうのじゃないかしら。

「まあ、わかってもらえるように努力していくだけですよ。既にタバサ嬢と私はあの店の常連ですからね」

霊体がオーケーなら、ロボッチはもっとオーケーってもんか。

「ねえ、作者のヒト。あんた王都に顔が利《き》くんでしょ。王様に請願書を渡せるように、仲介してくれない？」

作者は基本的にはスイスのように中立であるべきですが、断るとタバサ姐《ねえ》さんにヌンチャクでお仕置きされそうなので、考えておきます。近々、SFの短編を書く予定もありますのでね。

「そういうの、ネタの使い回しって言うんじゃないかしら」

小説家もいろいろ大変なんですよ。

「何だか中国ふう〜♪」

ピピが嬉《うれ》しそうに歌っている。

「孫策魔王のボツコニアン、チャイニーズがブームなのね」

「旨《うま》いものが増えるのはいいな」

ブームはいずれおさまるでしょうが、メニューは残りますからね。

「あたしもねえ、村にひとつブームを起こそうと思って、お土産《みやげ》をもらってきたの」

ピピがリュックを開けて、小さな紙箱を取り出した。そのなかには、まん丸になっているわらわらが一匹。

「みんなでわらわらを増やして育てて、糸を採って、ウールと雑《ま》ぜた新しい織物を作って名産物にできたら、素敵だと思わない？」

その織物の市場開拓には、魯粛さんの知恵を借りるとよさそうですね。

キン、コン、カン。また鐘が鳴る。今度はフネ村の学校の鐘だ。

「いけない！　大遅刻だよ」

ピピはパレの手を取って駆け出そうとするのに、パレは足を踏ん張って抗《あらが》う。

「ンもう、どうしたのよ」

「あたしは村へ帰れない」

「ここまで来て、まだ何をこだわってるの？　もううちの作者が使えるページはちょっとしか残ってないんだよ」

風前の灯火《ともしび》です。あ、この表現はちょっと違うか。

「パレ……どうしたんだよ」

ピノはどうも、パレの憂《うれ》い顔に弱い。

ヤンデレに弱い男。

「勝手な性格付けをするな！」

だったらしゃきっとしなさい。

「どうして村に帰れないなんて言うんだ？」

「だって、あたしは魔王だったんだもの」

「ンなこと、わかりきってるって」

パレは声を張り上げた。「わかりきってるから嫌なのよ！　怖いの！」

ピノもピピも固まってしまった。

「あたしはたくさん悪いことをして、ボッコニアンの人たちに迷惑をかけた。あんたたちも、そんなあたしを止めるために、何度も危ない目に遭わなくちゃならなかった」

今はいい。今はまだ、ピノピもパレが魔王をやめたことを喜び、ホッとしているから。パレを「救出した」と思っているからだ。

でもやがて、パレが日常に戻って普通に暮らすようになったら、ふとした拍子に思い出すかもしれない。

こいつ、魔王だったんだよな。

こいつが、あんなことやこんなことをやらかしたんだよな。

何にもなかったような顔をしてるけど。

何にもやらかさなかったような顔してるけどさ。

こいつこそがオレたちの最強の敵、オレたちのラスボスだったんだよな。

「そしたらきっと、あたしのこと嫌いになるわ。やっぱり許せない、許しちゃいけないって思うに決まってる」

パレはまた泣いている。今度は、一種の爽快感《そうかいかん》さえあったわんわん泣きではない。苦しみと悲しみと、痛みがカクテルになって流れ出てくる涙。見ている方も辛《つら》くなってくる。少なくとも作者は辛いですが――

ピノピはきょとん。顔を見合わせている。

「ラストで待ち構えていた、オレたちの最強の敵、ね」

「――ラスボスねえ」

そしてほとんど同時に言った。

「誰だっけ？」

そうでした。忘れちゃうんだよね、ラスボスのこと。

パレも、思わず膝《ひざ》かっくん。

「さ、行こう」

「給食、久しぶりだぜ！」

三人を促すように、学校の鐘が鳴っています。

さて、と。

作者の仕事はここでおしまい。魔王の孫策様に掛け合いに行かなくちゃ。この身を捧《ささ》げる代わりに、お風呂におっことして壊しちゃったPSPで、何とか手を打ってもらえませんかねえ？

交渉が上手《うま》くいけば、また読者の皆様にお会いできる日もあるでしょう。ご愛読ありがとうございました。
貴方《あなた》の良き人生に、良きゲームが共にありますように。

『ここはボツコニアン』完結記念！

巻末ふろく

ボツコニアンのボツ絵ギャラリー

宮部みゆき ＆

マンガ家『i・ショウジョ+』

高山としのり

小説すばる連載時、没になってしまった挿絵のラフの数々を一挙公開！
作者＆マンガ家（挿絵担当）＆連載担当編集の
コメントとともに、お楽しみください♪

イラスト／高山としのり
デザイン／今井秀之

第1巻
p.229〜249
あたり

ボツ絵コメント
作者
ミヤベさん
マンガ家
タカヤマ画伯
連載担当
クリハラ

ベルトつけくわえました！
今のいままで描きだれてた…
セーフ！
誰コレ？
アウトだろ…
さし絵
タカヤマ
宮部先生
スミマセンでした！

これはピノピが王都で修行を積んで、長靴の戦士専用の新装備をゲットした、初期の頃のボツラフです。ピノの最初の武器は、まさかのフライ返しだったんですよね。それをズボンのベルトに挟む段になってはじめて、これまでベルトをうっかり描き忘れていたことに気付いたタカヤマ画伯だったのでした。

この企画のためにわざとベルトを描かなかった！　という言い訳を今思いつきました。どうでしょうか？

タカヤマ画伯の反省その①。作者なんかベルトのことなど忘れきっていたので、そうか、コミックの場合はそういう細かいところもおざなりにはできないんだなあ！　と感じ入ったのです。

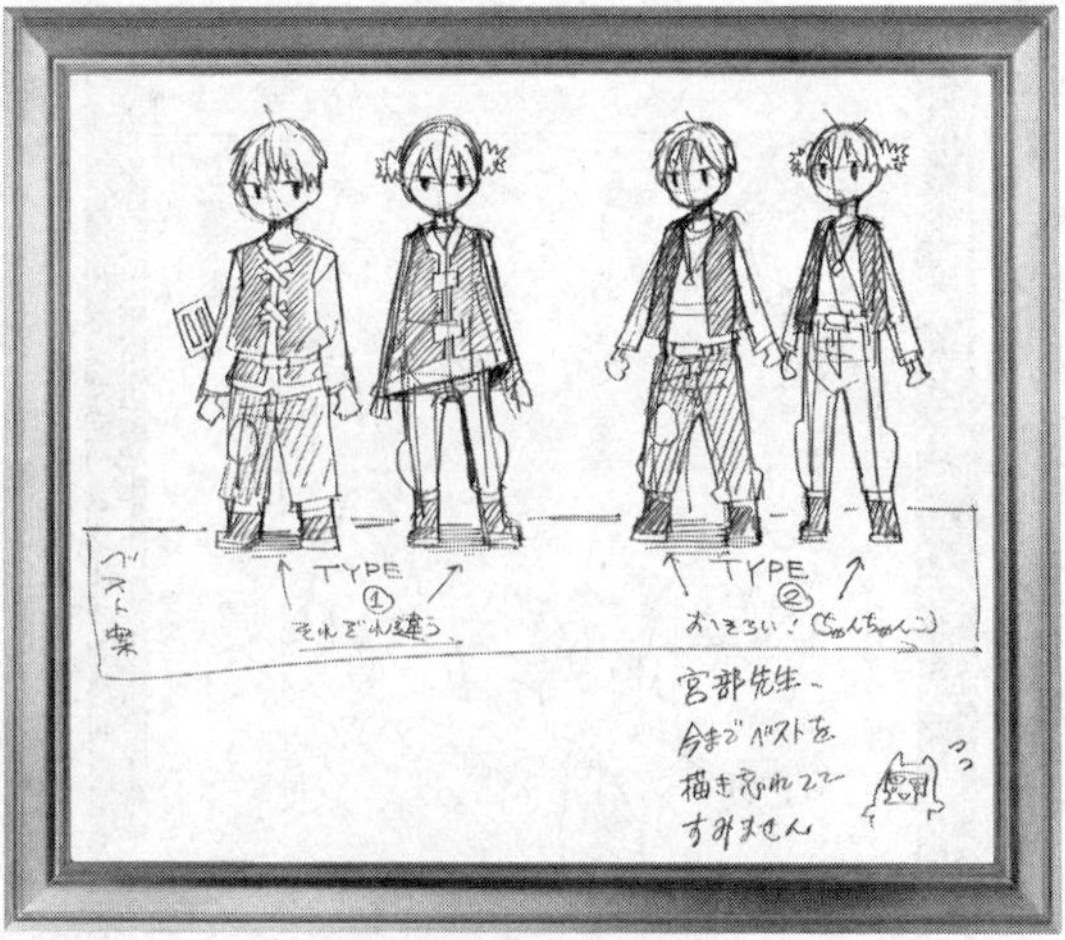

第1巻 p.229〜249あたり

そして右の絵と同じ時期に、モンハン兄弟からプレゼントしてもらった青たん色のベストのデザイン案です。どっちもお洒落〜♪　でもベルト同様、ベストも今まで描いていなかったことを思い出した模様です（汗）。

タカヤマ画伯の反省その②。作者なんかベストのことなど(以下略)。

ベストに関しては前小すば担当編集（現単行本担当）のトクナガさんも忘れていたのです。二人そろってギルティだとは思います。

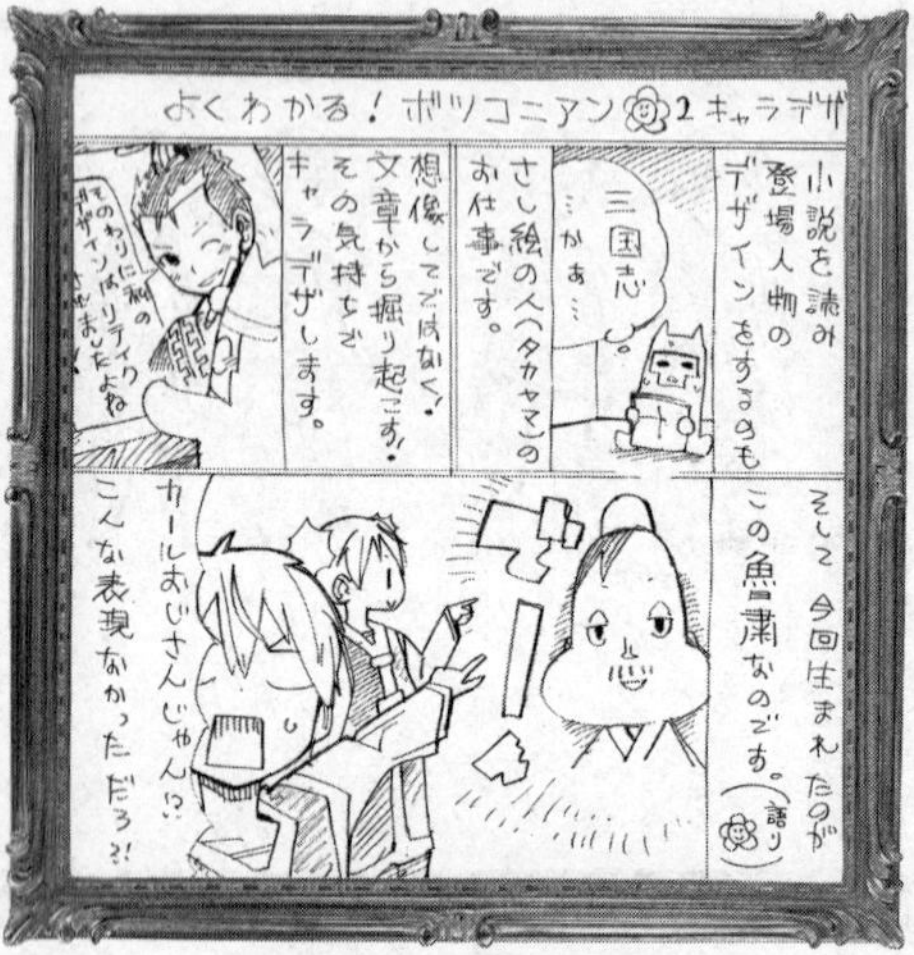

第3巻 p.37〜61あたり

「二軍三国志」編で、初めて魯粛が登場したとき、キャラクターデザインに悩む己の気持ちを漫画にしてくださいました。こうやって私たちだけが楽しんだおまけイラストが何点あったことでしょう……！

カールおじさん的な魯粛さんは、作者のNO．1お気に入り脇役です。カクちゃんをリテイク・プリーズしたのは、最初のキャラデザよりもっとイケメンにしてもらうためでした。

三国志キャラをデザインしだしてから自分でもデザインの幅が出たように思います。でもこんな自由な輪郭はボツコニアン以外では使えないかも。

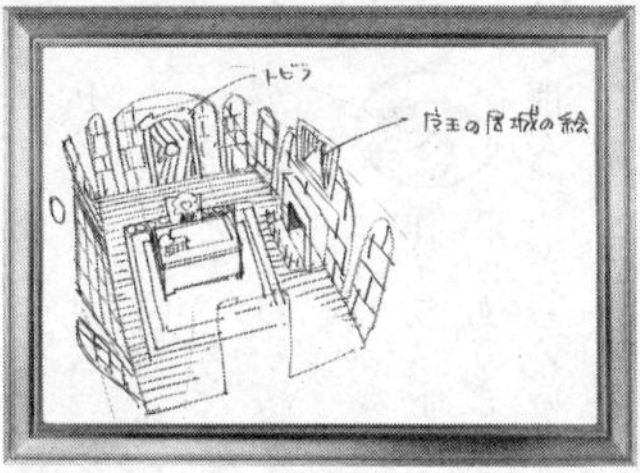

第3巻 p.137〜160あたり

このあたりからですよ。作者がいよいよ本格的に「イラストで描写してもらえるとホントに楽でいいなあ」というモードに入ったのは（笑）。

初めて回廊図書館の〈司書の間〉がビジュアル化されたときですね。下には間取り図まで！　ミヤベさんが手を抜いた(!?)描写を、こうして画伯が補ってくれていたんですねえ。

このときに描いた欄外の設定を参考に、第5巻57ページの扉カットを描いたと思います。

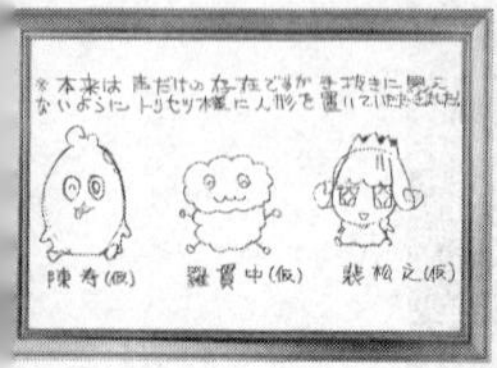

第3巻 p.221～241あたり

「ほらホラHorrorの村」編で、ピノピたちが三角錐頭《さんかくすいあたま》軍団という恐怖の集団から必死に逃げているときに、トリセツは「三国志」関係者たちと麻雀をやってたんです！（怒）彼らは「三国志」の作者ということで、声だけの存在。そこでトリセツが人形を代わりに置いてあげたんですよね。

コレはホントに泣く泣くボツにした傑作イラスト！　作者の家の近所にも雀荘があります。こんなメンバーで卓を囲んでいたらいいなあ。

このとき選ばれたのは緑一色《リューイーソー》を出してるトリセツでした。真面目Aと不真面目Bという2パターンのラフを出すようにしていたのですが、ミヤベ先生はBパターンを選ぶことが多かったように思います。私も不真面目な絵ほど気合が入っていたのかもしれません。この絵が真面目か？ですか？　それはちょっと……。

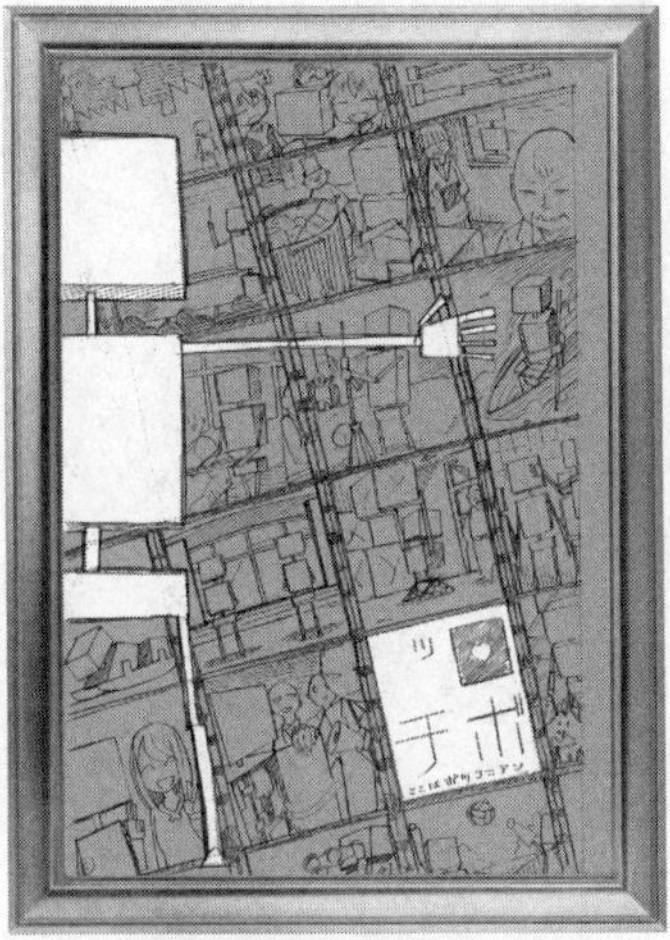

第4巻 p.137〜158あたり

「カイロウ図書館」編のときのラフです。このとき採用されたのはサンタ・マイラマップでした。マップ系は強いんです！

いつかこのイラストをカバー絵に使えるロボッチSFを書きたいです。

おお、これはクリハラ超お気に入りのボツ絵です！　背景が映画のフィルムになっていて、ロボッチの胸に秘められた思い出を映し出す——なんて、ステキなアイデアじゃないですか！

第5巻 p.11〜33あたり

「サンタ・マイラ代理戦争」編で、突如登場したボツバージョン・トライポッドと戦うシーンですが、ゲームのキャラ化されたピノピ&ミーゴがすっごくかわいい！ 私のお気に入りは大抵ボツになる運命なんです……どうしてでしょう。

ひとところ、こういう横一列でバトルするタイプのRPGはもう滅びてしまうのではないかしらと悲観的になったものですが、今は「FFレコードキーパー」が大人気ですよね。よかったよかった。

「メタルマックス」も4からは横一列ではなくなりましたね。でも変わらずおもしろいですぞ！

第5巻 p.297

うぅう～、雑誌連載時の感動の最終回で、やむなくボツになってしまったカットです。パレの涙がいとしくて……。

どんな描写よりも切ないパレの大泣き。作者もほろりとしました。

ピピ曰く、パレはミンミンよりかわいい……らしいですが、かわいさの違いなんて描けないので……みんなかわいいですよ！　でも、ポーレ君ママが一番美人です。

めでたく単行本と文庫版では掲載することができました！　振り返るとたくさんのボツになったラフがありますね……。タカヤマ画伯、本当にありがとうございました！

集英社文庫

ここはボツコニアン 5 FINAL ためらいの迷宮《めいきゅう》

2016年11月25日　第1刷　定価はカバーに表示してあります。

著　者　宮部《みやべ》みゆき
発行者　村田登志江
発行所　株式会社 集英社
東京都千代田区一ツ橋2-5-10　〒101-8050
電話　【編集部】03-3230-6095
【読者係】03-3230-6080
【販売部】03-3230-6393(書店専用)
印　刷　凸版印刷株式会社
製　本　凸版印刷株式会社

フォーマットデザイン　アリヤマデザインストア　マークデザイン　居山浩二

ISBN978-4-08-745512-0 C0193